AF273146

Willi Leitner

Amour, Pouvoir et Mort

Et ensuite, lorsqu'elle frappe
à la porte ?

novum 📖 pocket

© 2023 novum publishing

ISBN 978-3-903382-49-7
Photo de couverture:
Solmaz Daryani/UK
Création de couverture,
mise en page et paragraphe:
novum publishing

www.novumpublishing.fr

Climate neutral
Print product
ClimatePartner.com/16547-2201-1002

Cinq récits doux-amers sur la vie, l'amour, le
pouvoir et la mort.
Que se passe-t-il lorsque la lumière s'éteint ?

Dédicace : à Hanns, précisément avec deux N

En mémoire de Joan et Ted, Monica, Doris et Hanns.

La connaissance est toujours et partout ...

Traduction de l'Allemand régional autrichien
en Français : Frédéric PASCAL

LA MAISON,
LE LAC
ET TOI

Il prit deux morceaux du gâteau anglais et les lui donna à manger.

Trop d'amour et la certitude que c'était terminé et passé, le temps s'écoule, même si, comme depuis de nombreuses années, il n'avait pas porté de montre.

Une Oméga dorée, fraisée en une seule pièce. Wenger conduisait la Giulia lentement, prudemment, de Kammer en direction de Weyregg.

Il était presque deux heures, juste à temps en septembre pour ressentir le soleil doux mais encore vif sur la rive est de l'Attersee.

Il se gara en face du restaurant de la famille Aichhorn, juste en face du débarcadère.

Reste assise, je passe de l'autre côté.

Il lui ouvrit la porte.

Sa « puce » sortit lentement mais fermement, un léger et bref tressaillement sur son visage.

Ses yeux bleu-gris avec des taches dorées le savaient.

Je ne meurs pas encore, pas tout de suite et nous allons à Grado, n'est-ce pas ?

Aujourd'hui, la condamnation à mort, définitive, fut prononcée à Vöcklabruck. Cancer multiple, après d'innombrables interventions, opérations et thérapies. L'ennemi est en ruine, se préparant à l'attaque finale.

Ce combat a commencé en 1999. Maintenant, nous étions 15 ans plus tard. Longtemps gardé secret, personne ou presque n'était inquiet. Des enfants, quelques amis et parents. D'autres ont soupçonné, senti quelque chose.

Avec un sourire sur le visage, un sourire timide et complice.

Absolument, nous prenons la Mercedes. Nous pouvons mieux régler le siège électriquement, la voiture est plus souple. Mon Dieu, elle était belle et maintenant si fragile. Les cheveux blonds cendrés revinrent. Ça a l'air tendre, drôle. Si vous les caressez avec votre main, la sensation reste à jamais imprimée.

Je n'ai pas chaud.

Il l'attira plus près de lui, lentement et ensemble ils marchèrent le long du sentier au bord de la rive, dépassant la distillerie. Puis la maison avec des éléments de verre et garée à l'intérieur une Jaguar, version Daimler, 12 cylindres, couleur British Racing Green.

Sa voiture préférée au Royaume-Uni était une Rover 75 ESTATE, avec un intérieur en cuir clair et de grandes jantes en aluminium. Elle aimait les voitures anglaises avec leurs couleurs chics.

Côté lac, une propriété magique, un ancien hangar à bateaux trapu avec un toit affaissé et une annexe cachée. Les bateaux suspendus juste au-dessus de l'eau, ainsi restaient-ils étanches.

Ils étaient là-bas, toujours authentiques, pas en plastique malodorant.

Dans les vieux pruniers tortueux, une pause. Là il y avait de l'énergie.

Juste affaissé sous le poteau en bois et parmi les guêpes affairées, grappiller quelques branches et manger. Délicieuses, bonnes, petites et bleu clair vers la tige.

Les noyaux sont tranchants à graver des pierres et dans la bouche, ils vous coupent presque la langue.

Ils parlèrent et rirent, la clôture du bain public rabattue, ils passèrent juste devant les pieux de la berge jusqu'à la limite nord.

Les bancs sont magnifiquement neufs, faits de planches de mélèze, rabotées. Là-bas personne, le poste de police est abandonné, l'enseigne ovale de gendarmerie démontée, une plaque apposée avec la mention Comité de discipline, Sénat 4. Super, avec une aire de baignade et un hangar à bateaux pour les plongeurs secouristes. Quelques oiseaux tournent autour.

Loin là-bas, Attersee avec les deux églises, la vue magnifique quand on se tient là-haut, rassasié du soleil de fin d'après-midi.

De retour de l'autre côté de la rue, où ce hangar à bateaux avec la petite annexe, la cheminée et un hangar à bateaux couvert s'attarde sur la berge.

Faire une pause, s'arrêter.

Dis donc, j'ai besoin des gouttes, il les avait avec lui ainsi qu'une petite bouteille d'eau plastique, c'est comme ça qu'il appelait ces trucs d'eau minérale de 0,3 litre.

Donne m'en dix gouttes, crapule, il lui en a alors donné 15 puis elle bût de l'eau, et regardé le lac.

Nous devons conduire Jusqu'à notre café anglais. Je n'y arriverai pas.

Il l'aida avec précaution à s'asseoir sur le siège de la voiture, la portière ouverte, le soleil s'inclinant.

Il alla à la boulangerie Leyrer, une brioche à la cannelle et un croissant, un demi pain de seigle complet. Une jeune femme suisse de la vallée de l'Emmen y était la patronne, il l'aimait bien.

Immédiatement à la sortie du quartier un peu sur la gauche, son café. Renate a commandé un Apérol avec du Prosecco, Wenger un cappuccino avec quelque chose de sucré.

Quelque chose de particulier ?

Eh bien, je vais vous surprendre.

À l'intérieur le long bar en demi-cercle, plus en arrière les deux petites mini-toilettes. Cela sentait la fumée de cigarette, le whisky et le cuir. A peine un courant d'air sur la terrasse, peu de circulation en contre-bas.

Il plaça un deuxième coussin sous elle. Elle était assise un peu penchée depuis longtemps et n'utilisait qu'un bon tiers de la surface du siège.

Au bout de 15 minutes, ils se levèrent lentement et firent un petit tour, le pied droit légèrement étiré et penché en arrière. Ainsi cela s'est bien passé pendant un petit moment.

Parfois, les clients les regardaient en baissant les yeux. Pas de questions, pas de commentaires.

Il reçut un strudel à la crème de lait surmonté d'une coiffe de Chantilly recouverte de sauce à la vanille, noire et poivrée.

Le bonheur, ce bref bonheur, ils l'ont retenu fermement et comment.

Il lui donnait à manger, Renate appelait cela humer et chaparder, comme les oiseaux. Une longue gorgée de sa tasse de café fut suivie d'un sourire discret.

Si un jour je ne suis plus là, et que tu te sens mal, pense à moi.

Les enfants, ne les aide pas trop, mais protège-les.

Désespérés, calmes, heureux, ils se sont enfuis en début de soirée sur le chemin du retour, passant devant la

Maison Marlowe, le bel ensemble Art Nouveau, la Villa Langer. Des fermes à moitié cachées un peu plus loin les regardaient. Sa maison forestière toujours là, le petit monument pour les plongeurs morts. Le garage BMW Föttinger, avec une station-service un peu avant. Cela rassure. Des villas cachées, étroites et hautes, une rue isolée, en-dessous le refuge d'un homme politique d'Extrême-Orient.

Il n'aimait pas cette partie de la rue, trop moderne, trop large, trop courbe, trop de terrain bétonné. Steinbach mort, l'hôtel clinquant vide, la longue ligne droite devant la scierie est déformée.

L'orfèvre à l'intersection, au-delà vers Ischl et Ebensee, cela faisait du bien, le bistrot ouvert, le boulanger fermé et terminé.

Tout allait ensemble, Unterach moribond.

Le bel hôtel à la périphérie de la ville rénové à mort, privé. Une ou deux maisons bourgeoises un peu patinées, les autres comme lavées et brossées quotidiennement. Plus d'auberges, juste des bâtisses, dont certaines avaient un air triste. Le magasin Schlecker disparu, Daily en faillite, je vais devenir fou ou quelque chose comme ça.

Dans le magasin Spar, un comptoir postal où ils renvoient les lettres à l'expéditeur, mais il y avait encore du shampoing au PH5. Les parkings constellés des voitures des employés de Sandoz, derrière plus grand, Ever Pharma ou quelque chose comme ça, peu savent ce qu'ils et pour qui ils produisent.

Seul le lac poussait ses vagues contre le rivage, comme toujours ? Non, ici c'était triste et oublié, sombre. Sauf pour le magasin d'antiquités avec les belles voitures à pédales et le magasin de fleurs à côté. L'église fermée et les belles maisons au bord du rivage sur leur trente et un, presque comme si elles étaient peintes pour être vues.

Au-dessus le bureau de tabac, dans la vitrine des affiches publicitaires oubliées et jaunies pour les briquets Rowenta avec de la poussière et des papillons morts. Des structures en béton armé entre les deux. Les accès publics au rivage du lac enserrés dans des traboules étroites et ombragées.

Elle était toujours là, la petite boulangerie avec la gentille serveuse, les petites tables et un magasin de cigarettes épinglés devant.

La pancarte « nous sommes fermés » était accrochée d'octobre à avril sur la porte du glacier, autrefois très connu, et dont la façade s'effritait.

Le magasin d'électroménager de l'autre côté de la rue, les étalages rendus invisibles ainsi qu'un camion de livraison triste et cabossé à l'angle.

Le vitrier et miroitier sur le chemin étroit, ouvert et en activité.

Derrière l'horrible mairie, en diagonale de l'autre côté de la rue, la non moins hideuse Raiffeisenbank se tenait tranquillement dans une magnifique patine, un arbre effilé poussait en haut de la cheminée d'une grande et vénérable maison. La bâche de protection contre la pluie sur le balcon de devant se renverserait bientôt, le ponton un peu tordu. Cela avait du charme et de la dignité.

Le silence et la tristesse erraient tout autour et de nouveaux bâtiments brillaient au soleil, recouverts de bardeaux de plastique. Aucun bateau à moteur n'a rugi son mépris en ce début de soirée.

Il y avait un petit Unterach caché dans la pente après l'usine Sandoz. Cet Unterach, pas une âme perdue, avait encore un peu de charme, devant et derrière la paroi rocheuse, deux beaux manoirs pointus.

Ils roulèrent tranquillement en direction de la maison de Mondsee, là où rien n'était plus vraiment.

Rive nord par Sankt Gilgen ou bien sud, par Mondsee en continuant vers Thalgau

Sur la route secondaire ?

Les deux !

Encore aujourd'hui ?

Non !

Ils roulèrent le long de la rive ondulée où les racines des arbres ont soulevé la couche d'asphalte. Passèrent la ferme piscicole « scientifique » jusqu'à un hôtel sans vie. Il y a des années, c'était joyeux et animé ici, et pendant les nuits de la musique de piano résonnait au-dessus du lac, en hiver les cheminées étaient réveillées par le feu dans le paysage ombragé pendant trois mois. Les belles et hautes fenêtres reflétaient leur lumière dans le doux crépuscule. Mais maintenant, tout est calme, rangé, désolé, vide.

Il faisait clair et sombre quand ils sortirent du tunnel. Encore une autre invention, la voie sur la berge n'est plus libre que pour les piétons.

Pendant de très longues années, cette jonction a été bloquée, comme tant de choses dans cet État Mickey Mouse, où chaque maire ne regardait pas plus loin que son bureau.

Il a conduit à Plomberg, le long de la paroi du Drachenwand et firent une pause là-bas chez l'aubergiste.

J'avais séjourné là-bas au premier étage, fêté un cinquantième anniversaire. Calme et contemplatif entre amis et connaissances. A cette époque, la peur était déjà dans l'air.

Et maintenant ? Un adieu pour toujours !

Il bût un vin blanc doux dans un bar ouvrier près du comptoir. Grado Pineta, à 211 pas de l'hôtel Rialto. Là-bas ils l'aimaient bien. Il ne connaissait personne.

Il écrirait tout, la mort, le mépris et son incapacité à comprendre les autres. Il y avait un marché le samedi matin, il achèterait du miel et penserait à elle.

GRADO PRIVÉ

Tout s'est bien passé, première pause à Gmünd, il se souvenait de Bert Trattnig, de l'ingénieur, chef forestier, spécialiste des hélicoptères et l'un des premiers à mettre en place les vols de sauvetage. Oublié, à tort, on le trouverait désormais plus loin dans le cimetière de la vallée de la Malta. Maintenant sur le domaine de chasse à l'approche, les 800 hectares de forêt, de prairies et de montagnes sont restés orphelins.

Il l'avait souvent invité à prendre une bière avec quelque chose de bon à manger, pour parler, Wenger à l'écoute.

Devant la porte basse de la ville, juste après la station-service Shell, il trouva un parking sur la gauche.

Lentement, accrochés, ils avançaient tranquillement sur le côté gauche dans ce bel endroit capturant chaque rayon du soleil.

Plus haut dans son café préféré, ils trouvèrent une place libre avec des fauteuils moelleux. Une atmosphère de vacances les gagna, ils parlèrent, rirent et oublièrent de manger ce qu'ils avaient commandé.

Vois-tu, je me réjouis simplement d'aller encore une fois à la mer.

Le « encore » prononcé le blessa et il dut détourner le regard.

Allez, ça va sûrement encore durer un moment.

Pleurer interdit, se plaindre interdit, et là où je ne voulais pas aller, c'était le service de soins palliatifs.

Il sentit une rafale de vent glacial sur son cou, probablement descendu des montagnes déjà brunes du Nockberg plus en arrière.

Regarder les magasins, les étalages et se distraire était à l'ordre du jour.

Il descendit infiniment lentement la place du marché, il tenait maintenant sa main gauche pour qu'elle puisse étirer son bras en marchant. La prise de sa main parfois de fer, déterminée.

Une pause, puis s'étreindre et se blottir, recharger les batteries et attendre.

Il fouilla doucement dans ses cheveux et savoura l'odeur de sa peau. Les yeux, mon Dieu, ces yeux, ils en savaient beaucoup, rayonnaient d'amour et d'inquiétude.

Je me fais lentement plus d'inquiétudes pour toi, plus que des côtes, j'ai besoin de quelque chose à sentir et à toucher. Je le promets, en Italie, je vais manger le menu de haut en bas.

Il avait perdu 16 kilos, ses nerfs tenaient toujours, seule son endurance s'était détériorée.

Ou-bien tu m'habilles à nouveau ?

Nous deux, c'est mieux. Je n'ai plus besoin de rien.

Mais si et comment tu as besoin de quelque chose !

Ils ont trouvé un splendide magasin à Trieste, avec un bon service et de nouveaux vêtements.

Tout est « Made in Italy » et en fibres naturelles.

Wenger alla faire des courses, du vin rouge, du pain blanc, du fromage à pâte dure, un Monte Nero doux, plus deux sortes de jambon, de l'eau plate.

Pique-nique dans le parc au bord de la mer, juste après ou avant Trieste, deux couvertures en laine douce sur le banc, le calme et le léger ressac de la houle.

Sur le côté, le déballage, retirer les étiquettes, observer ce qui avait été acheté, être comblé et heureux. Attraper les serviettes emportées par le vent, se blottir, écouter le vent, les pins se balançaient, faiblement odorants.

Rendus légers par cet assemblage de vin rouge issu d'un cabernet sauvignon et d'un vin rouge régional sec, apaisé par le bonheur et l'insouciance, ils avançaient plus loin.

Le long de la mer jusqu'à Grado par les routes côtières et les chemins. Des petits ponts branlants et étroits pour traverser, s'arrêter et regarder autour de soi.

Barbara Rupnik est morte, il savait qu'elle n'allait pas bien, maintenant la beauté amère était ailleurs, pour toujours.

Des canaux d'irrigation, des petits barrages. Ils descendirent une allée gravillonneuse vers un manoir, tournèrent au préalable et arrivèrent ensuite à un bâtiment de ferme qui n'était plus habité.

Des platanes, des buissons, des arbres fruitiers et un loir, qu'elle regarda avec curiosité, avant de glisser ensuite sous une racine.

Tout oublier, c'était juste magnifique, l'énergie retrouvée. En rentrant, un vent constant les a pris et les a portés légèrement. Ils firent des pauses, sa puce, comme il l'appelait sans le dire, rit doucement et dit :

Nous allons bien mon grand, comme en Espagne au sud de la ville universitaire, le ravin, les champs de céréales et au loin notre Salamanque.

En route pour le Rialto, le dîner commence à sept heures puis nous allons en ville voir Claudio pour prendre un verre. Au nord-est se trouve Manzano puis un peu plus loin sur San Egidi, la chambre brune etc., etc., etc.

Nous devrions être reconnaissants.

Wenger lui n'a rien dit, pas sa puce. Ce que vous aimez vous est enlevé parce que vous ne le méritez pas ! Lui a dit son pilote en chef des opérations de fret il y a des années. Fritz, Richard, tous deux morts, envolés vers l'ouest. Et maintenant Birgit. Il faisait maintenant plus frais puis plus froid.

Qu'est-ce qui est venu d'autre ?

Le silence, l'oubli, la compréhension.

LES GENETTES

Lois Wenger chercha, ne trouva rien !

Il avait beaucoup perdu, l'amour, la grâce de pouvoir dormir, la lumière. Seules les ténèbres ne l'ont pas eues, les ombres si.

Le silence tue et te permet de vivre un peu.

Un jeune médecin chef : nous avons la douleur sous contrôle, maintenant vous mourez de et avec des opiacés.

Comme d'autres, il y était allergique.

Son étoile, éteinte, où aller ?

La Belgique, ou de l'autre côté de la frontière, les ruines industrielles de Hénin-Beaumont qui avaient été convenues comme point de rencontre lors de la dernière réunion de mission. Quelque part là-bas, au milieu ou derrière. Wenger y était déjà arrivé la veille, avait pris une chambre au Postillion à Kastel van Nieuwland et parcourait la belle région. Plat, un peu vallonné, d'autres disent ennuyeux, ça lui plaisait. Bien que rien n'ait été produit ici depuis de nombreuses années, il pensait pouvoir entendre les machines vrombir, les bandes transporteuses grondant de matériaux de et vers d'énormes bennes affamées. Des poids-lourds qui font leurs tours avec lassitude,

le cliquetis des chaînes de protection des pneus et les fumées de diesel gris-noires lors du changement de régime du moteur.

Le doux parfum d'une cigarette ne va pas bien avec. Il y avait quelqu'un quelque part, debout dans la direction du vent, qui regardait et fumait.

Bonne nuit Señorita, je ne veux rien de toi, chanta parfois Udo Jürgens, seulement, ils veulent toujours quelque chose de toi !

Pour qui chante-t-il et vit il maintenant ? Wenger avait toujours cru qu'il vivrait éternellement, comme Tanos de Larissa.

Boris Bukovski était bien aussi.

Qui étaient-ils, ces autres ? C'étaient nos voisins et colocataires qui, aux dépens de la majorité silencieuse, s'enrichissaient, plongeaient le monde dans la misère et réchauffaient la terre. Des scélérats inhumains s'appelaient eux-mêmes des experts et étaient subordonnés aux politiciens qui nous vendaient l'horreur pour l'aube d'un nouveau jour.

Il avait garé sa voiture un peu à l'abri derrière une entrée. Il chemina vers le haut dans la végétation, vert clair au milieu, sur des bandes de béton brut érigées, claires et délavées de la largeur d'un pneu.

Dans le virage, il aperçut une église délabrée, des briques rouges qui gémissaient en suintant de misère. Il n'était pas possible d'entrer, cloué avec des palettes, à côté des baraques, déformées par le vent. Devant lui des tablettes funéraires en pierre, inclinées, sombres et brillantes. Derrière l'église un cimetière spacieux, en partie entretenu et protégé par des ifs, qui ont retrouvé leurs fleurs jaune pâle.

Le terrain s'élevait, regardant vers l'est, des ruines de cokeries, d'énormes conteneurs de gaz rouillés entourés de grilles en acier ferrugineux. Les puissantes installations de hauts fourneaux avec les fonderies, les laminoirs, gelés, froids, abandonnés.

D'énormes tas de charbon, à côté d'eux des voies ferrées, des parties d'arbres de transmission de navires sur des supports en bois qui paraissaient encore neufs. Des essieux compensateurs avec disques d'embrayage, comme sortis de production. Entre eux les locomotives diesel penchées de l'ancien chemin de fer de l'usine.

Un géant les avait soulevées des rails et déposées doucement à côté.

Tout autour de l'herbe haute, des sous-bois, des arbres tombés qui étirent encore leurs pousses au soleil et à la lumière.

Quelques beaux conteneurs de gaz encore fiers, maintenus par des poutres de support vissées, rouillées avec des inscriptions telles qu'argon, oxygène. Devant, il y avait des panneaux d'interdiction triangulaires pour tout ce qui n'est pas autorisé ici : fumer, faire du feu, ils avaient oublié le port du casque.

Des clôtures enroulées où les plaques en acier inoxydable affichent fraîchement les informations du fabricant.

Puis il la vit tâtonner au coin.

Bel animal, poitrine blanche, pattes lourdes et larges comme un lynx, la fourrure mouchetée avec des taches dorées au milieu, les yeux tiraient vers le gris-bleu.

Une genette trottait lentement et délibérément vers lui. Non, elle n'est pas partie, elle est apparue.

Plus de gazouillis d'oiseaux, le silence.

En bas, une voiture aux phares brillants et éblouissants fonçait le long de la route gravillonneuse claire vers le sud.

Il ne la regarda pas dans les yeux, mais un peu au-dessus plus loin, elle s'allongea devant lui à distance, comme un sphinx, juste vivante du bout de ses oreilles tremblantes. Elle vint plus près, lui donna des petits coups saccadés de la tête sur ses mains serrées.

Il commença à la caresser du bout des doigts. Au début rien, puis un ronronnement hésitant. Elle caracolait autour de ses pieds, marquant son pantalon et ses chaussures avec les glandes des racines de ses moustache. Soudain, la queue touffue remonta – suis-moi – ce qu'il fit lentement.

Il avait l'impression d'être dans une zone d'entraînement militaire abandonnée, ne manquaient que quelques corbeaux et un vieux sacristain courbé.

Il entendit une sorte de croassement, un léger murmure.

Tout envahi par la végétation, à côté d'un muret de pierre penché en biais, là-bas un sentier avait été tondu. Par qui, pour quoi et vers où ?

Le chat devant, lentement, et lui derrière. La genette vous amène, vous montre où il y a de l'or, des diamants, des trésors. Néanmoins, pas d'amour, de paix et de contentement, dit un conte folklorique de Sardaigne.

Tu la trouves là où il l'a trouvée, l'a rencontrée. Ici et autour, tout est devenu plus calme et silencieux, presque trop calme.

Une légère brise tournoyait, terminant sa course dans un if grinçant à l'extrémité du cimetière. Le chat se coucha devant lui, laissa ses yeux errer, c'était sa place.

Wenger garda ses distances et regarda en direction de la vallée, qui était une cuvette. La route d'accès s'y engloutit et la large bande d'asphalte qui venait s'y achever disparu vers le nord-est. Dans ce quartier tu vis, tu aimes et tu meurs, autrement ou parfois ça ne commence même pas. La vie, aimer, mourir.

Il se retourna lentement, le chat partit.

Déçu, il s'assit sur un beau bloc de marbre, rose et blanc, légèrement jauni qui était tombé. Il restituait une chaleur sèche qui lui faisait du bien.

Derrière, une machine à vapeur ou un compresseur bien conservé. Pas noir mais peint en vert foncé, comme neuf.

Où sont les locomotives à large empattement, les citernes graissées, les wagons à perte de vue.

Il connaissait une gare oubliée dans le sud-est de la Hongrie, là-bas il y en avait environ 4 000 tout autour. Toutefois ce n'était pas possible, nous étions en France. Ça sentait la graisse et l'huile.

La mort peint les vivants, lui dit Kira quand elle avait ses heures sombres.

Les seconds et la moyenne seront oubliés, le soi-disant premier est célébré, les silencieux agissent et la politique réagit, perd.

Qui dirige quand les nuages s'amoncellent ?

AU POSTILLION ET SES ENVIRONS

Incroyablement beau, enchanté, oublié et perdu, plein de charme.

À l'extrémité nord-ouest de ce complexe industriel abandonné et encore immense, une route secondaire mène à un grand parvis en forme de bouteille et recouvert de gravier jaune clair.

À gauche de celui-ci, l'ancienne remise, puis le premier étage après l'ascension d'un escalier en colimaçon. Une suite de chambres meublées de façon classique avec vue sur le bâtiment principal et le parvis.

Un couloir avec une issue de secours à l'arrière.

Le tout est entouré de forêts claires à sombres et de canaux, ponctué par des prairies humides et des paysages de brousse. Parfois une petite maison dans la forêt, habitée, pauvre, solitaire, des cheminées poussant leur fumée paresseuse dans le crépuscule.

C'est certainement humide au rez-de-chaussée. Tout autour de la boue. L'eau des canaux était saumâtre et se déplaçait lentement et à l'infini.

À l'arrière du Postillon il y avait une sorte de mur protecteur, avec de belles entrées voûtées, un parc enchanté et négligé avec toutes sortes de bric-à-brac, des bancs et des tonnelles dans lesquelles personne ne s'est jamais assis.

La maison principale avait trois étages et un toit pointu.

À l'entrée de la remise, où se trouve une immense salle de danse en contrebas, un escalier large et bas conduisait à l'intérieur, flanqué de vieux lions fatigués et la nuit, des torches et de petites bougies y scintillaient pour montrer le chemin aux apeurés. À l'intérieur, c'était comme enchanté, de grands tableaux avec des motifs préchrétiens et des paysages embellis, maintenus dans de lourds cadres dorés.

Une scène qui parcourait toute la largeur de la salle, juste en face d'un piano blanc et au milieu la piste de danse puis un bar des années '60.

Le sol composé de fines pièces de bois rectangulaires, comme un sol industriel, et dessus de lourds tapis blanchis complétaient le tableau d'ensemble, sans oublier les lustres un peu grisés au plafond, ceux d'un blanc pâle avec des gypseries. Wenger aimait se promener seul dans cette salle la nuit, un verre de vin à la main, regardant les photos, en s'écoutant.

Personne ne s'occupait de vous ici, vous n'étiez pas dérangé par des serveurs pressants.

Les pièces à l'étage, pleines de boiseries et de grands carreaux, rayonnaient de chaleur et de sérénité.

On pénétrait dans le bâtiment principal par une entrée en angle, d'abord un petit comptoir de réception en bois sombre, derrière un magnifique bar avec un salon fumeurs. Tout ici était en ébène et en laiton.

À travers un couloir étroit, on arrivait par la droite dans la salle du petit-déjeuner où le dîner y était aussi servi.

Les parois latérales sont revêtues de bois avec des incrustations délicates. La cuisine y est très raffinée, ici cuisinait un Français, le maître de chai un Belge et le patron s'occupait du bar.

Là, les murs sont tapissés de papier peint et d'images tristes, les fenêtres sur l'extérieur qui font plus de deux mètres de haut sont étroites. En dessous, de gros radiateurs trapus, déjà peints plusieurs fois, d'un blanc pommelé. Les carreaux et les accessoires des toilettes à eux seuls ont dû coûter une fortune. Tout était très soigné et propre.

Un escalier jusqu'au premier étage, mais Wenger n'était pas là-haut. Il ne voulait pas y aller non plus.

Les soirées après un excellent dîner, au bar et puis seul dans cette immense salle de bal.

Vous saviez que vous étiez ici à une époque passée, avec une manière différente de penser et de ressentir. Cela te suggérait, que tu étais en sécurité ici, même si la zone autour de la maison semblait un peu oppressante et étrange la nuit.

Le fait que l'on « ne se soucie pas » ou « ne se soucie pas beaucoup du client » vous rendait paisible et patient en même temps.

Il y avait ici une légère bruine qui rendait tout sourd et muet.

Qui l'avait construit, pourquoi et surtout ici dans ce coin perdu, Wenger ne s'en est pas posé la question.

Pour conserver la magie du lieu. Il ne voulait pas le savoir. Il se tenait seul, oublié, devant l'un de ces immenses tableaux accrochés de manière invisible au mur du fond. Paysages enchantés de l'époque chrétienne et des perspectives. Beaux, à en pleurer, de larges horizons, des couleurs profondes.

Il bût un vin blanc sec mais fruité dans un verre fin et à grand pied, à la lumière vacillante des lanternes et des torches, qui pénétrait timidement de l'extérieur par les hautes fenêtres séparées. Portée tremblotante par le vent, tendre et mystérieuse. Un frisson lui traversa le dos.

Derrière lui des fauteuils avec des housses de protection blanches, des tables rondes, un piano blanc abandonné dans le coin juste après l'entrée, Wenger était seul.

Les fantômes du passé l'entouraient, effrayants et familiers.

UN PILOTE SE PERD

Mr. Josef raconta une histoire ou plutôt pas... Vienne, de légères chutes de neige, le huitième arrondissement, un peu plus loin dans le restaurant Piaristenkeller, maintenant presque vide.

Mr. Josef viendrait, grand, long, majestueux et avec un excellent allemand, un gentleman qui connaissait bien la Via Egnatia jusqu'au point où elle s'évanouissait, à travers des pays, des régions, des villes et des hameaux oubliés et sans nom.

Avait-il raconté son histoire maintenant qu'il n'errait plus dans le 8e arrondissement, qu'il était vraiment mort ou pas.

Son ombre traversait le crépuscule de Vienne via Strumica jusqu'à Thessalonique et pas plus loin que là. L'heure des esprits est proche, il avait besoin de la clé de son logement à Hietzing.

Un peu plus haut sur 400 mètres carrés, la solitude et le silence d'une villa abandonnée, à peine habitée, avec un garage caché.

Presque noyé il y a quelques semaines, près de la frontière syrienne sur une goélette, une sorte de voilier à deux mâts d'un associé d'affaires, derrière le terrain en feu, mis en pièces par des salves d'artillerie.

Un bus Mercedes 303 au sol, c'était le véhicule d'escorte du jet parqué et gardé à Dalaman pendant des jours. Le major turc du service intérieur de renseignement militaire, gentil, correct, néanmoins avec 300.000 dollars dans sa veste, il devait s'aviser de faire quelque chose.

Pour qui, pourquoi et comment.

Huit rakis plus tard, servis glacés, dans de petites chopes en verre sur l'aile de notre avion, près du bord d'attaque protégé en titane.

Alors parler, « encore » protégé par de puissantes connaissances et retourner dans la jungle viennoise.

Marseille se tenait là devant Wolfgang, des yeux drôles et scrutateurs.

Je t'ai perdu, tu as besoin de la clé.

Oui, encore, plus pour longtemps.

Comment peut-on être aussi stupide, boire du raki, dans un verre, avec du poivre, de l'ail, maquillé comme un indien ? Cela avait été fait avec du dentifrice et ton rouge à lèvres. Puis les bombardements sont survenus et il fut jeté à l'eau, jusque sur le fond marin, éveillé, il avait failli mourir en nageant vers la surface.

Elle le sera dans ses bras, écoute, nous deux ça ne marchera plus ?

Je t'aime bien, tu m'aimes bien !

Peut-on aimer deux personnes en même temps, et sans elles à peine pouvoir vivre ?

Tu as besoin du soleil et j'aime la pluie, nous sommes différents ! Nous aimons nous ?

Dans l'ordre comme les femmes, le vin, le fromage avec du pain et des chats ?

Tu voles sur la côte, au sud de l'Italie vers le Nord jusqu'à la froide Écosse.

Mon dieu, ils avaient été une équipe ou l'étaient-ils encore ?

Il n'y a pas de justice, c'est une invention, un mensonge à vie des démocrates.

L'argent, le capital et le pire furent apportés, puis le silence et la solitude.

Wolfgang ne dit rien et les laissa parler buvant du vin avec de l'eau.

Josef s'adressant aux gens plus bas dans la cave chaude – vous avez entendu cela, n'est-ce pas ?

Les commissions de 15% de la GSA ont disparu, je m'en fiche.

Il se pencha un peu en arrière et les laissa tous les deux continuer à parler.

Il entendait comme un lynx à l'affût ou Franz à Athènes écoutant les stations de l'OTAN. À côté de lui, Papastratos, du fromage de chèvre à l'huile d'olive et un Grassi aspro.

Un, deux, faire le gros dos était et est son mot d'ordre, puis il l'embrassa.

C'était agréable de la regarder, seulement ce n'est pas à cela que ressemblent les perdants.

À Duni, nous avons perdu deux Bulgares, juste sur le secteur quatre, Ante Petrov a disparu vers la Nouvelle-Angleterre.

Les Lathhams maintenant dans le Devon, mon Dieu, il les a perdus.

Wolfgang se dit en silence – et tu dois t'enfuir, aller aux États-Unis.

Je sais ce que tu penses, oui j'y vais, là-haut dans l'Oregon, que tu aimes tant, où est le brouillard et où l'océan calme déverse ses marées glacées jusqu'au rivage, pas sauvage, mais régulier et peu profond. Me rends-tu visite pour boire une eau de vie aux pommes à Lowers Point ?

Il ne dit rien.

Josef confia que plus tard, ils se rencontrèrent et lui aussi, qui en savait beaucoup et qui ne dit rien, eu les larmes aux yeux.

Parfois, le brouillard vient, pénètre profondément dans les petits villages angoissés au bord de la rivière, prend ce dont il a besoin quand il le veut, l'horreur est au rendez-vous.

S'infiltre à travers les fentes de la porte, emmène les âmes avec lui.

Florence, appelée Flo, se tenait à côté de lui en train de siroter sa grappa et de fumer des cigarettes Gallant de Suisse. À Cuba, cela et d'autres choses lui manqueraient.

Vers où ? Jusqu'en Polynésie, Mélanésie ou sur les falaises à chèvres pointus de Kiribati ! Cette brume humide qui ne sèche pas dérive.

Les maudits finissent sur Pitcairn, où il n'y avait pas de soleil et ce vent fatigué soufflait à jamais et volait les âmes.

Le bout de leurs doigts se rencontrèrent, reculèrent brusquement et maintenant se pressaient ensemble entrelacés.

Nous nous perdons, peut-être pas pour toujours, mais nous le faisons. J'ai peur.

Joseph ?

Vous avez traversé la ville comme deux petits enfants main dans la main, sachant que ce n'est pas bien.

La Suisse, le lac de Zurich, Schindeleggi, l'auberge Roten Ochsen au milieu de l'intersection, le Stockmaier Werner, l'ascension des Alpes le matin ? Je ne vais plus dans cette maison.

Je te donne ma Jeep, je n'en ai plus besoin, conduis-moi s'il te plaît à Schwechat.

Ce thé vous arrachait les plombages des dents, du galanga avec des racines de pissenlit.

Qui boit ça, bon sang.

Le directeur général, président, avec les meilleures recommandations de Costozza.

Pas Custozza, souvenez-vous de cela, dit maintenant Josef, fermement mais calmement.

Rendez-vous un jour ou l'autre à Uovo en face de Renato en fin d'après-midi.

Un rallye en taxi depuis l'hôtel Vergilius.

Lentement, elle lui poussa des papiers, des clés et une carte d'assurance sur la table.

Et puis quoi maintenant ?

Rien de plus !

Josef remet la voiture en état de marche.

C'est déjà fermé, Franz a le bon véhicule pour lui en Hellas.

Qui ferme le plus, nous ou les Anglais ? Passons aux Russes, ils rouvrent leurs succursales dans le monde entier.

S'il te plaît Wolfgang, si je me sens mal, je sais que tu le ressens, penses à moi.

Il était un peu moins de quatre heures du matin, Josef d'Egnatia Tours s'occupe de toi ou laisse prendre soin de toi ou comme toujours.

Seulement Josef ne pouvait plus s'occuper de personne, à moins de l'avoir demandé à un ange gardien.

Elle s'est mise à pleurer silencieusement. Il la prit par les avant-bras et la tira un peu vers lui sur la table. Est-ce que tout cela doit avoir lieu maintenant et ainsi ?

Oui et je périrai d'une manière ou d'une autre dans ce vaste pays sans toi, avec beaucoup d'argent et de faux amis.

Quand est le mariage ?

Dans quatre semaines à West Palm Beach, puis ce sera Grand Bahamas.

Je préférerais Bimini, comme ça avec toi et les fûts de kérosène dans l'une de ces cabanes en bois poreuses.

Contre-proposition, nous nous rendons en Caroline du Sud, à Savannah pour quelques jours puis au domaine Marthas Vineyard.

Ou jusqu'à la Nouvelle-Angleterre, Nuntucket et jouons fidèlement les amoureux anglais.

Quand nous nous sommes rencontrés pour la première fois, tu as pleuré, maintenant je pleure, le cercle se referme.

Tu avais le droit d'aimer, tu étais aimée, soit reconnaissante pour cela, oui !

Rends-moi cela difficile, viens, sors moi de là.

Josef, le grand et bel homme vint à leur table, bien habillé, embrassa Marseille sur le front, s'inclina d'un hochement de tête et disparut, disparut à jamais.

Wolfgang ne devrait plus le revoir. Un trajet silencieux et vide à travers la moitié de la ville, puis l'autoroute jusqu'à l'aéroport. Une pluie sourde nettoya la voiture. Une autre idée fausse.

Il se rendit au bâtiment administratif de l'Aviation générale, Josef un peu penché sur la banquette arrière.

Elle le regarda longtemps, trop longtemps, sortit et se dirigea rapidement vers les marches de l'entrée.

Il oublia l'heure, plus tard il ne sut pas combien de temps il était resté debout, avait attendu jusqu'à ce que les appels de phares d'un bus de l'équipage le fassent fuir.

Tout cela est bien arrivé, demanda Fritz à Josef.

Oui, nous sommes maintenant tous les deux morts, vite au monastère, les premiers invités arrivent.

Wenger se rendit à Maria Elend via Fischamend, se gara à côté du train de banlieue et traversa les champs, jusqu'aux forêts alluviales denses, le long des clôtures, en passant des cerisiers et des champs de maïs.

Il ne devrait plus jamais revoir personne de son groupe. Tous morts, partis, brûlés, dans un autre monde. Pas d'appels téléphoniques, pas de rendez-vous à Cannes, pas de soirées sur la plage de la souris à l'ouest de Saint Malo avec des huîtres, de la musique de cornemuse et du champagne jusqu'au matin.

Ne plus jamais attraper, jouer et voir les petits chats roux sur la promenade.

Fini et passé, quelque chose comme ça t'épuise à la longue et même pour toujours.

Dieter nous a aussi quittés. Cabo di Gata, c'était sa courte et belle autre vie.

Un brillant vagabond entre les mondes, comme l'a noté Joan.

PARENTHÈSE POUR UN OU AUCUN !

Seulement, ce n'était pas sa vie, mais celle de Wolfgang, qu'il accompagnait parfois, devait accompagner pour les perdants et ceux qui étaient évincés.

Chez Fausto dans le petit bar, juste à côté du vieux cimetière au début de la vieille ville de Caorle, on pouvait ressentir quelque chose comme ça fortement. Le patron était de service ici tous les jours de dix à deux heures et de cinq à huit heures du soir, puis il disparaissait et une beauté racée aux cheveux noirs prenait le relais jusqu'à ce que plus personne ne vienne, peu importe l'heure.

Wenger ne l'a jamais suivi, il glissa de son tabouret, qui lui était réservé à l'extrême droite, releva sa veste un peu plus haut et s'éloigna en direction de la place principale.

Vous devez apprendre à partir. Non loin de là, près de la poste, se trouvait un petit local avec de la vraie musique sans haut-parleurs. Le vendredi soir, au premier étage, au-dessus, les notables de la ville se réunissaient.

En bas autour d'un verre de vin, les commerçants, les livreurs, les femmes de ménage, les employés de banque, les plombiers et des gens comme Wenger que personne ne connaissait.

Jusqu'à peu avant neuf heures, puis tout s'est arrêté, après quelques tramezzinis et un verre de vin de trop ou trop peu.

Puis vers Enno pour un fabuleux Valpolicella et du fromage sur des filets de miel, rien d'autre.

Suivent le silence, la solitude et des marches nocturnes le long de la plage jusqu'à l'embouchure de la rivière. Passé les maisons sans vie et il les aimait toujours, il se sentait bien quand il errait le long des clôtures partiellement délabrées, leur structure durerait encore 50 ans et puis ? C'est ce à quoi pensait probablement l'homme assis sur la chaise du balcon à l'angle au deuxième étage.

Ici, il dominait la cour et avait un large horizon. Sa Fiat 127 à la peinture rouge jaunie avec ses pneus de 125 et son pot d'échappement branlant se tenait tous les jours exactement au même endroit sous un toit où la chaux se craquelait depuis des années.

Il passa devant Veronika à la réception, qui sourit un peu et hocha la tête, et monta jusqu'au quatrième étage. Ouvrit la porte du balcon et sortit jusqu'à ce qu'il frissonne.

L'église, la mer et Bibionne scintillait, au sud-est, cela ouvrait sur les Alpes carniques au nord. Mais personne n'est venu, les fantômes s'étaient aussi endormis.

Il rêvait de salami italien rustique sur une ciabatta grillée avec un fromage à pâte molle en dessous.

Stevenson a fait dire à Billy Bones – les morts ne mordent pas. Seuls ceux qui vivaient avec des fantômes ne pouvaient pas s'en débarrasser. Ils se sont assis à côté de toi et ont accompagné tes rêves.

Il devait se rendre à Bad Aussee chez le spécialiste radio et électronique puis aller autour de du lac Altaussee. Il avait beaucoup perdu pour toujours, suivi quelques cercueils. Passer la nuit au Seehotel, boire un schnaps, regarder en bas, espérer voir un mariage, comme hier et aujourd'hui.

Faire le tour du lac tôt le matin, attendre la vague principale et allez chez le boucher Köberl prendre un petit pain salé avec de la terrine accompagné d'une limonade au citron.

Les contacts sont devenus moins nombreux, se sont interrompus, se sont tus. Sauf pour quelques-uns, s'ils avaient besoin de quelque chose. La glace est devenue mince, très mince.

Seule Jacinta lui était restée, prospère et belle. Il ne l'avait pas toujours comprise. La douceur, la compréhension avait parfois disparu.

Le propriétaire se tenait à côté de lui, ça va, monsieur ? Vous tremblez un peu.

Oui, tout va bien, je les ai tous rencontrés, revus et ressentis ici.

Est-ce fini maintenant, pour toujours ?

Aller venez, on va prendre du vermouth ensemble, ça calme et met de bonne humeur.

L'amertume caresse l'âme.

Wenger se laissa entraîner et marcha comme un automate vers le bâtiment principal à travers la nuit froide et sèche sur un tapis vert, protégé par des torches.

De retour parmi les vivants, il dû s'arrêter à la société Medactol BV, le néerlandais étant à peine à une heure de route dans une impasse en ligne droite. Tous les quelques kilomètres, un feu qui passait toujours au rouge pour ennuyer les derniers contribuables, il n'y avait pas de trafic aux croisements ici, juste une expérience de l'administration locale. On devrait laisser ces trafiquants d'êtres humains creuser plus profondément dans les canaux.

Une entreprise discrète dans des baraques en bois, une zone industrielle du passé et prospère. Quel était son nom, Peter ou Piet, je devais le rechercher dans les fichiers.

Il buvait trop de Cola, était pâle et Wenger ne pouvait pas s'imaginer ce qu'il faisait à l'extérieur de son bureau, qui se trouvait juste en face de l'immense entrepôt.

Là-bas les coins de la turne empestaient l'urine séchée.

De retour au Postillon : l'agencement du parking ici – imaginaire sans lignes blanches, les emplacements devaient être péniblement respectés, tous les véhicules sur le côté, alignés en diagonale de gauche à droite.

Si vous partiez, vous en aviez le cœur si serré que vous aviez deux ans de moins, pas pour longtemps, mais quand même.

De là, il y avait des routes secondaires droites et sans fin, au-dessus de canaux, à travers des villages et des forêts tranquilles, jusqu'à ce que beaucoup plus tard on arrive en Hollande dans une autre zone industrielle négligée. Là-bas il y avait du café fade, du cola et un pain blanc industriel garni de fromage. Au moins pas de mayonnaise à l'intérieur ni de feuille de laitue en plastique non plus.

Des entreprises, des bureaux à l'intérieur minable et sale, bas, oppressant.

Plus haut dans le Seenland, c'était devenu plus tranquille et plus propre, les gens heureux.

Il préférait les bâtiments en brique de Belgique, sans rideaux où l'on voyait à travers les maisons, les bords souvent oubliés d'un canal, un rêve, un peu propret et kitsch.

Ici, cependant, les environs sont déserts. On pouvait faire le mal sans trop d'efforts. Se débarrasser de gens, enterrer des choses ou les déterrez pour d'autres faits. Un hélicoptère survolait cette terre oubliée à basse altitude.

15h58, Wenger devait partir, à 17h00, la danse des singes commençait.

Il laissa sa voiture, une Golf GTI blanche, dans un garage d'entreprise à moitié effondré de l'ancienne aciérie Gilbert Montanoir et se dirigea avec son bagage à main vers l'hôtel.

Aucun oiseau, aucun animal de la forêt, rien que quelques canards sauvages se laissent dériver d'ennuis dans les canaux. Un bateau en bois dépassait de l'eau avec sa proue, des pièces d'aviron cassées, des quais délabrés et des marches sur les talus qui menaient vers le bas, au sommet les sentiers envahis par l'herbe. Plus personne n'utilisait quoi que ce soit ici, même les pêcheurs au filet sont morts ou se sont noyés dans les bars.

Il faisait un froid hivernal et l'humidité augmentait. Il crut entendre des aboiements de chiens, chercha un morceau de bois autour de lui, mais plus rien.

Les gardiens qui travaillent encore ici en avaient deux à leur service, et ils n'étaient pas vraiment bien éduqués. Ont-ils laissé ces chiens courir librement, pauvres animaux, quand on est commandés par des idiots.

Maintenant, il sortit sa petite valise et fit des courbes en S interminables sur le parvis de gravier jaune pâle.

À de la réception, un premier geste dans un verre mi haut avec des biscuits au gingembre, le truc était si fort que le rythme cardiaque augmenta et les premières gouttes de sueur apparurent sur le front.

Vous payez monsieur ?

En liquide.

La facture à quel nom ?

Il dépose sa carte de visite – Miro Corporation Aircraft Fasteners, Milfordhaven, Pays de Galles.

Son adresse de couverture pour les trois prochains mois.

Là-bas il était directeur des ventes internationales, pas un manager – ça doit sonner un peu britannique.

Je ne sais pas à quoi pensait Ted quand il a fait imprimer ces cartes.

Là-bas il y avait un bureau avec une équipe et un grand entrepôt bien approvisionné, cependant pas avec ces pièces d'avion.

M'aimes-tu, je t'aime

Embrasse-moi ou dis bonjour en passant. Quelqu'un du comité d'accueil chantait pour lui-même cet ancien hit d'Allemagne centrale. Dresde, toi belle, enchantée.

Il pensa alors à André, à sa façon dégagée, directe et silencieuse de voir et de faire les choses.

Erfurt avec le thé Blanche-Neige et cette liqueur de femmes inoubliable et les petites épiceries bien approvisionnées de la périphérie. Merde, le gang à Honecker, pour toujours, amen, vous n'aviez pas le droit de chanter quelque chose comme ça dans le paradis des travailleurs et des agriculteurs, sauf dans les toilettes avec des gens partageant les mêmes idées, peu avant minuit.

Ulbricht et sa bande de teckels avaient été des menteurs encore plus inhumains et notoires envers la nation et eux-mêmes.

Au Comité central, il y avait des gens dangereux, des lâches et des ouvriers parfaitement honnêtes qui croyaient dans ce système.

Mais s'il pleuvait à travers le toit de l'hôpital dans la salle d'opération, que faire alors ? Il fallait alors les tuiles de l'ouest et du carton bitumé étanche en dessous issu d'aucunes de ces entreprises de combinat ainsi qu'une pose dans les règles de l'art.

Oh mon Dieu, et nous ne sommes pas beaucoup mieux s'il y a plus d'eau et de sable dans le béton, le ciment étant en grande partie vendu à des clients privés.

Sa lampe de bureau dans la pièce dégageait une lumière jaune saccadée et il était frigorifié.

Il ouvrit le radiateur un peu plus fort dans la chambre, la cheminée à gaz dégageait également de la chaleur, sèche.

Il faisait une chaleur folle dans la salle de bain, alors il ouvrit la fenêtre.

Une baignoire pour faire des exercices de natation.

Les portes de la chambre, sombres, hautes et larges. Le papier peint dans un blanc cassé avec des motifs de chasse dessus, ici aussi des peintures mélancoliques dans des cadres massifs. Un immense lit d'enterrement. Il s'est installé. Pas un petit morceau d'excellent chocolat noir sur le coussin, pour une fois sans lécithine de soja, avec 70 % de cacao et des amandes à l'intérieur.

Il lui aurait fallu un peu plus de douceur.

Bon, descendre vers le bâtiment principal, commander un gin tonic et combattre sa faim avec des noix et d'autres trucs dans des bols.

Il emporta ses ustensiles d'écriture avec lui et se rendit dans la « salle annexe », il y avait là déjà quatre personnes engagées dans une discussion folle, il s'agissait de toute évidence de la nouvelle réglementation sur les frais de gestion.

Le patron de l'Europe n'est pas encore là. Ça viendra, Wenger salua, s'assit à gauche à l'arrière près de la fenêtre et laissa couler.

Un groupe de gens effrayés, lui semblait-il.

Puis arriva le grand, ce Zampano, ou laissons cela de côté pour le moment.

La fine mallette vola sur la petite table devant le tableau et le manteau en biais au-dessus, le fauteuil reculé. Deux heures non-stop pour écouter et ne pas prendre de notes.

Le gars était bon dans ce domaine et le savait aussi.

À 19 h 30, c'était fini et Wenger était le seul à rester ici et à y passer la nuit.

Il n'y avait pas grand-chose à penser pendant le sommeil, digérer tout cela, comprendre, puis passer à l'action.

Il s'envolerait de Bruxelles via Vienne avec l'avion de 22h30, y passerait la nuit près de l'aéroport, et puis vers Nicosie, en fait il voulait dire Larnaka.

La tournée de forçat ne faisait que commencer pour lui et les autres.

Ce n'est que maintenant qu'un dîner léger et tranquille était annoncé. Soupe aux herbes avec croquettes maison, accompagnée d'un vin rouge français léger et savoureux, puis un poulet dans une marmite, un tout petit, épicé à la grecque, avec du riz aux clous de girofle dans une sauce légère et épaissie.

Pour le dessert, un soufflé à la glace au chocolat avec une couverture glacée insignifiante.

Wenger commanda un pastis et commença à réfléchir et à analyser.

Peu de temps après, au bar, il but, non, il se saisit d'un Chablis frais. À ses pieds, la genette, la petite, la grande coquine était de la maison.

Elle marqua le bout de ses chaussures et s'éloigna. La conversation avec l'hôtelier sur la politique et l'UE, là plus rien de bon ne vient, sauf plus d'autocratie, le viol de la libre pensée et l'abolition des décisions individuelles des pays.

Tout le monde était d'accord et Wenger se dirigea vers la maison voisine un verre à la main, exalté et un peu triste, accompagné de la lueur des torches et des bougies tremblantes.

Il poursuivit sa ronde de vin dans la salle de bal déserte jusqu'à ce que, fatigué, il trouve un court sommeil dans son lit.

Andros aurait déjà dû répondre et entrer en contact il y a longtemps !

Silence et fin.

QUI APPELLE UN MORT

Un appel arriva du Danemark, il connaissait bien la maison en bois quelque peu tordue près du rivage. Derrière, du sable grossier, des forêts de pins, un parking renforcé, non observable, assez grand pour atterrir avec un hélicoptère côté mer.

Un gros chat y vivait et rôdait. Il avait de petites oreilles pointues, une fourrure gris argenté et une belle pâleur autour du nez.

Quand Nadine la gouvernante allait faire les courses, il marchait devant elle et parfois regardait autour ; devant le village, il attendait qu'elle revienne, sachant qu'il y avait quelque chose de bon.

Seule Nadine lui disait depuis deux semaines que le commandant était à l'étranger, elle n'en savait plus rien. Wenger avait à peine dormi la nuit dernière, sa peau brûlait comme le feu sur tout son corps et il ne pouvait pas se rafraîchir.

Cela lui parut comme s'il fut empoisonné. Une nuit horrible, peut-on transpirer sans sueur ?

Il a pris cinq milligrammes d'un bêta bloquant, sans effet, puis un Q10.

Toujours rien.

Le matin à sept heures, à moitié mort, il se leva du lit pour la septième fois, nourrit le chat, alluma le chauffage au sol du bureau, se doucha, bût un thé à la mauve des bois et alla petit- déjeuner.

Il faisait un froid glacial, le lac poussait des plaques de glace sur le rivage. Il était assis dans sa voiture avec une capuche et un foulard.

Vos doigts se figeaient sur le volant, il faisait encore moins douze, même dans la voiture.

Alors il sortit, retourna, fit tourner le moteur et le ventilateur à 50% et prit un autre thé.

Au fond de la nuit, pensa-t-il en urinant, si je me coupais dans la neige, elle fondrait sous moi, comme si une Maserati en hiver restait immobile avec le moteur en marche.

Doris est décédée la semaine dernière, il viendra visiter sa tombe à Praori, en espérant qu'il pourrait encore le faire.

Fritz, son ancien directeur des opérations aériennes et pilote en chef, a également transporté du fret vers l'ouest.

Aucune information sur le quoi ou le pourquoi, juste où.

La nouvelle livraison de tisane, un thé pour les nerfs. Il était sûr qu'il y avait quelque chose de mortel là-dedans. Il jeta le sac en papier dans le poêle.

Inscription – laissez infuser deux cuillères à café pendant dix minutes. Ingrédients : fleur d'oranger, menthe poivrée, mélisse, zeste d'orange, valériane et tout ce qu'il faut d'autre. Le nom de la société, Dr. pharm. Lukas Tod.

Mis une pomme dans le compartiment chauffant du poêle en faïence, introduisit trois bûches de bois de plus.

Il faisait maintenant huit agréables degrés dans la voiture.

Il tremblait toujours, se sentait mal, avait des douleurs musculaires et ses intestins renvoyaient des flammes vives.

Alors il se donna plus de peine, 600 mg d'Ascorbisal pour le petit déjeuner.

Vous avez l'air effrayant, dit la serveuse mince de Hongrie, et apporta deux petits pains de blé, joliment tranchées, deux confitures Staudt.

Il y avait vraiment des fruits à l'intérieur, une cafetière, à côté du lait chaud, mousseux, un œuf mou et un verre d'eau.

Il mangea tout lentement et prudemment puis lut l'édition du Krone du lundi.

Le NZZ n'était pas livré au bureau de tabac de Mondsee hors saison.

Il dût faire deux pauses entre le parking du cimetière et le village. Si ça continuait comme ça, ce serait pour toujours.

Cela se dégradait, maintenant moins 13, le brouillard et la glace.

Le cimetière y était beau, abandonné et pourtant vivant, il aimait les cimetières et il remarquait de plus en plus que beaucoup de gens meurent jeunes, des accidents et surtout des femmes à partir de 45 ans. Parmi elles de très belles jeunes femmes, à côté de Großmoasenbauer 101 ans, Andrea 47 ans et Lydia 52 ans.

Dans le café, qui était aussi une petite taverne, bien chauffée, son siège était libre et il parla au vieil homme qui venait de boire un thé aux fruits, des problèmes techniques de sa voiture.

Il l'aimait bien avec ses idées sur la situation géopolitique. Son fils travaillait en Bolivie, il vivait seul dans une grande maison.

Tout comme Wenger, il tremblait comme un alcoolique régulier devant le premier verre. Ce devait être un poison nerveux.

Bientôt les pratiquants arrivèrent, ce serait alors un peu bruyant avec un souffle d'air froid, puis il se calma à nouveau.

Le propriétaire alluma le radiateur et regarda sinistrement autour de lui.

Il commande une part de kouglof, qui était en fait un grand gâteau marbré, un poème. Frais, pas gras, léger !

Il se pencha en arrière et apprécia la chaleur tourbillonnante qui montait sous le banc latéral.

Le professeur arriva, commanda un copieux petit-déjeuner et fit le travail du matin avec quatre ou cinq journaux quotidiens.

Une trentenaire bien entretenue s'assit à la table à côté de lui, ouvrit un livre en lambeaux, commanda un cappuccino avec un petit pain beurré. Il te tuerait maintenant sans grand effort, pensa Wenger, de la façon dont il était à proximité.

Il paya 12,50 pourboire compris, compta et la serveuse s'éloigna, une jeune fée des desserts sorti de derrière avec un grand et large plateau et des choses incroyablement belles dessus. Le patron regarda autour de lui, grogna quelque chose et se précipita dans la cuisine.

Il devait effleurer Maria Hilf vers le haut, se faufiler le long du mur de l'église, passer devant le décorateur d'intérieur et descendre le large escalier de granit menant à l'hôtel.

Il regarda les maisons, les bâtiments qui s'étalaient dans la traverse Odilo, accroché à une balustrade avec son pouce et son index, il était devenu incroyablement malade. Il y avait autant de puissance en lui qu'une Trabant essayant de remorquer un char russe.

Pour le moment, il ne savait pas où se trouvait sa voiture, sur le parking du cimetière ou au bord du lac.

Il marchait comme un robot télécommandé sur le trottoir, flottant avec hésitation comme sur du coton, les pierres se rapprochaient, puis s'éloignaient à nouveau.

Au niveau de la boutique de lingerie Palmers d'en face, le mur le retenait fermement et c'était une bonne chose, après quelques minutes, il se sentait mieux.

Il n'avait remarqué personne.

Il s'avança péniblement en direction de la pharmacie, mais celle-ci était toujours fermée. Ce n'est pas grave, puis le long de la rue latérale. Le chat du bureau des impôts attendait d'être caressé.

Il glissa, s'assit en quelque sorte le long du mur de la maison sur le mur légèrement surélevé et le chat couché sur sa cuisse se mit à ronronner, il posa doucement sa main gauche sur son dos et ne fit rien.

Il n'y avait plus rien à faire.

Adio.

Un de moins dans cette mer du monde.

KOSMAS

Grèce, Péloponnèse, Arcadie
11h47 heure locale
5 mai

Wenger monta depuis Leonídio vers le massif du Parnon. Conduisait une Opel Insignia 4 roues motrices avec trop de chevaux.

Une belle berline, bleu marine, une super voiture.

À la sortie à droite il s'assit devant le nouveau café avec des gâteaux aux noix juteux et du thé de montagne à l'ombre partielle de l'église, protégé par de beaux et puissants

platanes. Ce bâtiment à deux tours, maçonné en pierre naturelle, avait l'air en quelque sorte catholique dans le style baroque, la serveuse jeune et proprette.

Avant cela, dans un magasin de la rue principale, une femme âgée en noir acheta des herbes aromatiques. Mais aussi, de la confiture locale dans un pot en verre et du miel de fleurs de forêt. Plus tard, je pris davantage de miel avec moi, cette fois un jaune clair, fouetté, dans un magasin de produits bios entre le café et l'auberge. Ainsi que de l'eau dans des bouteilles en verre vert foncé.

Magnifique boutique, tout en bois à l'intérieur et un parfum paradisiaque lorsque vous entrez.

Des prix exagérés, ce qui lui importait peu. Il n'était pas d'humeur à marchander.

Il sortit des toilettes, traîna dans un long couloir, se lavant les mains et le visage. Aucune enseigne vissée au mur, mais des panneaux accrochés par deux supports en fer forgé.

Dans les toilettes, le meilleur de Geberit, Grohe et Diversey. Il s'assit et y dégusta le gâteau avec une fourchette.

Des motos arrivèrent trop vite, trop bruyamment puis ont disparu, laissant derrière elles des panaches de fumée d'échappement et une puanteur. Il appréciait les environs, les platanes dans le vent paresseux et la température agréable. À Athènes, il faisait presque 40 degrés. Malgré la deuxième carte électronique de porte pour maintenir la climatisation en marche, il faisait à peine plus frais le soir que le matin, car le soleil de l'après-midi brûlait son motif sur la façade et faisait se diffuser les vapeurs du second rideau épais en fibre de caoutchouc.

Il prit un taxi pour se rendre à l'aéroport et fut heureux quand il put sortir du parking complètement saturé de voitures serrées des sociétés de location.

Sa voiture se trouvait au numéro 67 chez Rational sur la feuille de mission de l'EYP.

Il prit la mauvaise sortie, conduisit les fenêtres à moitié ouvertes sans climatisation, afin de ne pas être embué par la ventilation de la voiture neuve. La plupart du temps, cela lui causait des irritations aux yeux. L'ancien aéroport, en particulier la route, les environs au caractère campagnard, il les avait préférés à la ville. Des concessionnaires automobiles, des tavernes, des cordonniers, de petites pensions, des fournisseurs de marine, des ateliers de réparation de tracteurs et beaucoup de verdure.

Des arbres blanchis à la chaux et des églises au bord de la route, d'innombrables stations-service. On s'arrêta, bût un café, prit du temps pour un ouzo avec quelque chose pour accompagner.

On était ainsi mieux préparé pour Athènes, Glyfada, Neo Psychico, la route de Kiffissia.

Maintenant une route trop large, des barrières de péage, des collines hermétiquement délimitées et défigurées et d'horribles constructions monstres. Des chaînes hôtelières internationales avec les magasins de meubles habituels à côté d'eux et des halls de vente d'usine accolées.

À côté, un train rapide se frayait un chemin dans la ville puis disparut peu avant Corinthe.

La voiture allait vive allure et il dût faire attention. Le meilleur d'Opel depuis des années. Enfin une voiture, une vraie.

Il quitta la route à Nemea, pris la première sortie, serpenta vers le sud-est. Longtemps à bonne distance derrière un camion dont la suspension de l'essieu arrière était défectueuse. Le machin dansait d'avant en arrière, ivre.

Il apprécia la région, regarda en direction d'Épidaure et conduisit à Xiroprigado, d'abord à travers Astros, chaud, abandonné, en mauvais état puis quelques villages poussiéreux et des villes côtières. Il y a du vin dans l'arrière-pays, un bon Blanc. Il ne se passe pas grand-chose ici, c'est bien ainsi.

Des donneurs d'organes fous et d'autres idiots conduisirent juste devant lui, émettant un sacré bruit de haut-parleurs étouffés. Surtout des BMW Série 5 mises au rebut, de temps en temps à bord d'une Sirocco neuve.

Et si une Audi A5 rouge avec des autocollants Ferrari collés sur le côté arrive encore, son bonheur serait total. Ensuite, tu es arrivé au pays des maquignons.

Le tout complété par des autocollants avec des désignations de motorisation et de transmission qui ne correspondent en aucun cas aux caisses qui étaient en circulation.

Avec lui, aucune mention à l'arrière, la voiture avait été banalisée, tout comme les supports de plaque d'immatriculation.

La région, la mer, les zones côtières sont devenues plus belles, moins peuplées, vertes.

Il trouva le Sunset du premier coup, ainsi qu'une place de parking juste en face de l'hôtel, qui était en fait une pension de famille, et reçut la chambre au premier étage avec un balcon, une vue sur la plage, la mer et en face le continent.

Devant des îles sombres, au milieu des yachts blancs et des ferries allaient et venaient en mer.

Parmi eux un petit cargo avec un panache de fumée sombre.

La chambre, longue et large, était belle et propre, mais l'escalier était chaud et étouffant. Aucun bruit de la rue du village ne venait du bas.

Il remonta la plage jusqu'au village, passa devant quelques petites fermes, des pensions de famille et des pick-up garés dans des garages en briques directement au bord et au-dessus de la mer, fermés avec des treillis à béton métalliques. Ceux-ci, attachés ensemble de manière distendue transpiraient leur rouille sur le sol en béton rugueux et délavé.

Devant, des sécheuses rotatives vides et tordues. De petites tables rondes avec des fauteuils suspendus dans des arbres rachitiques directement au-dessus de falaises enfoncées dans des brèche de sable. Magnifiquement bordées et des bornes fraîchement peintes avec de la chaux éteinte. Au milieu des vergers, des maisons en ruine, des toitures à demi couvertes. Tout cela est merveilleux.

Le véritable village était une rue parallèle plus haut, ça ne lui plaisait pas, trop bruyant, trop voyant, gras. Baraques à frites et pizzas jetables. Ici en bas c'était calme et convivial, presque personne, propre. Il trouva un grand restaurant vide avec beaucoup de chaises et de tables. Une immense salle à manger haute avec une cuisine ouverte construite dans la roche.

Le souffle de la ventilation de la vitrine à glace, personne d'autre là-bas, protégée par une fine et immense verrière, autoportante sans supports.

En face la plage de l'établissement, publique. Il prit une table d'angle, commanda du calmar frais, pas celui importé, et de l'ouzo sans glace ni eau.

Le pain arriva, très frais, et ce vers environ quatre heures. Je me sentais bien, me détendait, regardait l'agitation lente.

Des Volvo neuves se tenaient dans les rues étroites ainsi qu'une Land Rover Evoque récente. Il y avait de l'argent, beaucoup d'argent. La Grèce s'y noie.

Plus tard, il marcha sur la rue côtière, à peine usitée en raison des panneaux de sens interdit en direction du sud, jusqu'à ce qu'il s'immobilise. À droite vers le haut, une route gravillonneuse en direction de véritables falaises avec un éclairage décrépit.

Plein de rouille, écrasé, tordu, pourquoi tout a été si endommagé et pourquoi ?

Les jeunes s'ennuyaient, encore et toujours, espérons que cela changerait. Cela devrait bien être le cas si la génération de leurs parents était financièrement lessivée.

Un ancien projet immobilier, rapidement mort et en pleine édification. Plus haut, une maison clôturée directement sur la route côtière, vue de l'arrière, un chantier de construction. Des sacs de ciment Héraclès et une bétonneuse bosselée, se tenaient à côté d'un tas de sable à moitié pelleté et des coffres de chaux. Au fond des falaises calcaires abruptes, pas de touristes ici, seulement des Grecs qui traînaient avec ennui leur femme avec eux. Sur les corniches rocheuses à l'extérieur, des jeunes filles pêchent avec de longues cannes et de la bonne humeur.

Le dîner était annoncé sur la grande terrasse, il y avait du poisson et quel poisson, le cuisinier était un artiste. La maîtresse de maison servit avec de l'humour et de la joie.

Il bût deux petites cruches de vin blanc, bien fraîches, et le monde tournait bien.

En dessous de lui, un couple grec attend, fumant et se disputant jusqu'à ce que leurs connaissances arrivent enfin. Puis aussitôt une séparation de discussion

entre les hommes et les femmes. Rien n'a été commandé et on se retira. Ce qui convenait à Wenger, ainsi l'odeur de ces cigarettes parfumées se dissipa. Rarement mangé aussi bien et léger.

06H15 LE SUD PROFOND ET DIEU T'AIME BIEN

Deux jours plus tard, sous un soleil modéré et après de nombreuses promenades sur la plage sur des pierres arrondies et lisses, cela se poursuivit à l'intérieur, une belle région, seulement interrompue par des fermes piscicoles hideuses et les sacs d'alimentation de l'UE empilés dans les parkings et les esquives. Ça empestait le plastique et la viande pourrie. À côté, des sacs en papier déchirés de Malaisie avec des restes de crustacés rouges pour faire se colorer la chair du poisson. C'était ce qu'on appelait l'aquaculture, même mon chat ne mangerait pas de cette saleté, Wenger en était certain. Ce poisson barbotait et se sentait légèrement offensé quand vous aviez quelque chose comme ça dans votre assiette. Il se sentait désolé pour ces animaux, on pouvait voir dans leurs yeux combien ils avaient souffert. Palio Tyros, il conduisit en ville, directement sur la place principale, quelque chose de nouveau et moderne avec des sculptures en béton et des éclairages brisées. La fontaine esquissée était jonchée de bouteilles en plastique et de canettes en aluminium. Les buses en cuivre semblaient vert bleu vers le haut. Derrière une église lumineuse et récemment construite, avec des cadres de fenêtres peints en rouge foncé qui saignent dans le sol.

À côté, un centre de santé abandonné avec une inscription jaunie et des panneaux en plastique cassés et décolorés dans le vent. Puis un magasin de vélos avec un atelier de réparation de cyclomoteurs, une belle façade et en pleine activité. Dans l'impasse vers le bas, les petits hôtels de la ville et les épiceries se battaient avec lassitude pour se faire de la place.

Il retourna vers le nord le long du sentier côtier jusqu'à ce qu'il arrive à l'hôtel sans étoile. Il se gara un peu plus loin dans une rue à l'arrière, pas sous les arbres. Les taches de résine ne s'en vont alors plus de la peinture et les pare-brise restent graisseux pendant des semaines, les balais essuie-glace sont abîmés malgré des dégraissages répétés.

Ainsi la voiture se tenait maintenant à côté d'un mur de béton suintant dans un chemin creux, et recevait pendant la nuit, comme il l'avait remarqué, des douches régulières du système d'irrigation.

Une eau douce qui tache à peine et nettoie les disques de frein.

Là il faisait toujours humide, il n'y avait pratiquement pas de soleil. Au-dessus, des petites maisons abandonnées, une tentative de discothèque, des paniers à linge pliés et des oliviers au repos.

L'hôtel, une vieille coquille soigneusement entretenue, les chambres sont hautes et grandes, avec un balcon et d'immenses volets dont vous avez vraiment besoin. Vue sur la mer, en bas la ville et au-dessus quelques moulins à vent qui étaient autrefois utilisés pour moudre le grain.

Sous l'hôtel, il y avait de grands arbres ombragés sur les berges et des canards d'eau douce que quelqu'un nourrissait et alimentait en eau potable. Trois vieillards étaient assis là pendant la journée, sous les arbres à pain et la nuit ils y étaient encore avec une cigarette et de la bière. Laisser la vie filer, parler peu ou pas.

La femme à côté, blonde cendrée, intéressante et disciplinée, au niveau du troisième arbre.

Elle était servie par le restaurant à l'étage, il misa sur de l'ouzo bleu et blanc et à côté une bouteille d'eau minérale Aura, plus un litre, tout au plus 0,75.

Ils apprennent vite ici où l'acheteur est un imbécile. Elle fumait, regardait autour d'elle avec appréciation et gaspillait la journée.

Lisait concentrée un livre épais de format DinA5. Cela lui plaisait beaucoup. Juste ne rien faire et les choses évoluent.

Elle conduisait une Mini Cooper rouge, pas la S, l'Union Jack sur un toit blanc. Elle avait des fils d'argent dans les cheveux, assez petite, autour de 1,60 m, délicate. Portait des pantalons de marin ou ces jeans d'Italie.

Son premier tour le matin vers le kiosque, le journal Süddeutsche Zeitung. Dans l'hôtel sans étoiles, elle vivait en haut à l'arrière, en quelque sorte délibérément cachée.

Les yeux gris-bleu disent quelque chose. Mais quoi ?

Le deuxième jour, ils dînèrent ensemble et s'amusèrent beaucoup jusqu'à minuit et demi du matin. Parlèrent beaucoup, mangèrent peu, burent quelques verres. Il écrivit des cartes postales ce qui la faisait rire et comment.

Une nuit de pleine lune, la lumière enchantait les yeux et les visages et peignait de belles choses incertaines.

Assis sur une véranda, à deux mètres au-dessus de la plage de galets, les coudes sur la balustrade, ils regardaient vers la mer.

De petites vagues glissaient tranquillement, doucement, se retiraient et disparaissaient dans la pénombre de la nuit. Laisser la vie filer, il était pressé de partir de ce monde. L'estomac envoie des signaux, interpelle la conscience. Ses ongles trop longs, la porte de la cuisine se referma.

Il faisait doux, presque pas de vent et seulement une petite odeur de rôti dans l'air et la musique des cigales, qui s'arrêtait parfois de façon effrayante, pour repartir.

La masse des arbres se mêle à de doux morceaux de musique à peine audibles.

L'ambiance lui a rappelé une chanson de Basse-Bavière – « Dis ne sais-tu pas si le paradis n'est pas dans le ciel ». À un moment donné, quelque part, il l'avait entendu, même tout le texte en dialecte, merveilleux et tellement amoureux. Accompagnement à la guitare, chœur mixte, femmes et hommes. Tout simplement magnifique, à vous faire pleurer.

Je suis ici, mi boulot, mi vacances, je dois y aller.

Le lendemain matin, elle était partie, disparue. C'est bien ainsi. Finito la musica.

Plaque d'immatriculation allemande, le bolide rouge avec un toit blanc et des jantes en aluminium. Wenger en était sûr, il ne la reverrait plus jamais.

Trois demi-volées d'escaliers, puis un couloir étroit vers sa chambre. Debout sur le balcon pendant un long moment jusqu'à ce que son dos lui fasse mal, il regarda vers l'intérieur dans l'obscurité et ne savait pas si ou ce qu'il manquait.

Dans le passé, il aurait fumé ce faisant, maintenant c'était fini. Prit une petite douche et s'allongea, essuyé et sec sur le lit, pas de lumière, tout dans le noir, but de l'eau tiède jusqu'à ce qu'il s'endorme.

Chambre double, vue mer en occupation simple. Il mangea deux petits œufs achetés au fermier voisin pour le petit déjeuner, seulement le blanc, avec un petit melon vert. Cuits durs, les œufs à l'hôtel, rien que pour lui. C'est bien comme ça.

Il se sentit bien, trouva une pharmacie sympathique et obtint un produit autrichien à base de rhubarbe pour les « ampoules » dans la bouche. Là on pouvait voir que nous sommes une puissance mondiale. Seulement ils n'étaient pas faits pour lui, son nom était Iris, et c'est pourquoi elle lui avait demandé conseil.

Il mit le flacon jaune et noir soigneusement dans sa trousse de premiers soins dans le même emballage.

Sur la rive, les rangées de maisons, avec leurs habitants, très intéressants. Architecturalement, quelques beaux bâtiments en dessous, vers l'arrière avec des jardins devant eux.

Dans l'encadrement de la porte se tenaient des femmes à moitié courbées qui faisaient leur ménage du matin et des hommes derrière elles, cigarette à la bouche, une main sur l'encadrement de la porte.

Il salua, fut salué, et même avec un sourire. Il trouva un magasin à fringues, un trou de béton gris sans service, et acheta un pantalon en coton mi long, pas « Made in China » pour 9,90. Encore un de ces prix miraculeux, tout coûte 90 centimes après la virgule.

Il lava le pantalon dans l'évier, le suspendit pour le faire sécher et le blanchir sur la corde à linge du balcon. Le blanchiment est bon, le rayonnement UV élimine les taches de couleur.

Trois maisons plus bas un magasin de fruits, où il y avait du pain et des craquelins au saindoux.

Il prit les deux, un pack de six bouteilles d'eau, de petites bananes fermes et jaune pâle.

La note est arrivée sur du papier d'emballage brun et doux, lui rappelant la Bulgarie et finalement un joli zéro après la virgule.

A côté, une confiserie soignée avec une petite terrasse, lui aimable et drôle, elle renfermée et avec un regard sombre. Deux grandes vitrines en verre dans la boutique dont une plus froide avec les boissons qui, pour économiser de l'électricité, était située dans l'angle ombragé.

Là-bas il commanda du café Sketo, avec quelque chose de la vitrine, à côté des biscuits sablés. L'eau arriva simplement dans une grande cruche en verre. Quelque chose de complètement nouveau.

Là lisant, assis et regardant ici et là, les heures de fin de matinée passaient avec « Schalenbauten », un ouvrage d'Ulrich Müther, interrompu par des tentatives de calculer les cubages corrects.

Il avait la plage et la mer bien en vue, entrecoupées par des piétons faisant des emplettes et des promenades. Pas de chiens ni de chats, tous dévorés. Ici aussi, les toilettes sont propres et bien ventilées, avec une clé supplémentaire. L'air circulait sous la verrière et personne ne s'en aperçut.

Cette odeur le rendit somnolent, il sentit une légère brise sur ses reins. Bad Mergentheim, une Opel Diplomat rouge avec un toit noir et un moteur 12 cylindres. Un chauffeur à moitié mort, une cigarette éteinte dans le tissu ensanglanté du siège. La voiture balançait comme sur une bascule. Il regarda la ville, le parc des curistes, descendit du véhicule et marcha plus loin en chaussettes.

La région tranquille avec des collines douces, recouvertes de vignobles, des routes gravillonneuses et étroites entre eux. Sa voiture était garée à Blau am See dans le petit parking, à proximité du train régional, où se trouve l'aire de demi-tour pour les camions forestiers. Tout autour des forêts de pins, des prairies parfumées et une brasserie soignée, construite sur la pente de la colline. Ça va aussi sans chaussures, mais pour combien de temps ? Presque pas de circulation, il continua à pied sans être repéré. Descendit un talus, passa le long d'une voie de garage, se reposa à l'ombre du mur d'un petit hangar à outils. Il soupira, eut des écoulements nasaux, sentit la cicatrice sur son entrejambe. Pas bon signe.

Puis une longue avenue à deux voies, pleine de châtaigniers, les feuilles un peu jaunes. Il aimait les mélanges d'asphalte de couleur claire avec de petits agrégats et deux centimètres de couche d'usure sur le dessus, joliment enrobés.

C'était simplement trop beau ici. Il pouvait sentir le soleil dans son dos à travers le tissu fin de la veste. À Blau am See il trouva un magasin de chaussures. J'ai perdu mes semelles, marmonna-t-il comme pour lui-même. Trouva les bonnes, avec 44 1/2 la taille passait exactement, semelle en crêpe souple, des mocassins aérés. Il prit deux paires et un paquet de trois paires de chaussettes gris clair. Le cordonnier le regarda avec intérêt et il se souviendra si vous le lui demandez ou le dit à ses compagnons de table autour d'une bière. Peu importe, on ne peut rien y changer, c'est comme ça. Chez le boucher de l'autre côté de la rue, il acheta une bouteille de jus de pomme dilué, qu'on appelait ici « Schorle » et deux petits pains blancs, des pains surdimensionnés avec une épaisse tranche de saucisse dure entre les deux et une tranche de fromage blanc laiteux. Il s'assis sur le bord de la fontaine puis mangea et bût tout avec plaisir. Il a tout fait pour être sûr que l'on se souvienne de lui.

Maintenant, il se sentait mieux, beaucoup mieux, et les derniers kilomètres jusqu'au parking lui paraissaient trop courts.

Arrivé à la voiture, nerveux, il ne trouva la clé que dans la troisième poche. Il rangea les chaussures et les chaussettes dans le coffre et conduisit plus loin pieds nus. Il passa la caserne de chars, descendit dans la vallée transversale en direction de Tauber Bischofsheim. Fit le plein au préalable chez Shell et fit laver la voiture. Il n'avait encore jamais vu autant de mousse.

Chanceux une fois de plus, ou encore et encore. Là, il prit une pause nerveuse pour se calmer, se promena dans la ville merveilleuse sur la colline et observa les jets Tornado pendant les vols de nuit au-dessus du plateau de la Hohenloher en cette nuit de pleine lune, pendant les vols d'entraînement. Sentit le kérosène brûlé dans l'air, ces choses-là ne disparaissent jamais.

Ici aussi le vin blanc sec était trop fruité, sucré et trop chaud pour lui. Il était un peu tremblant et devait tenir une main avec l'autre, sinon il aurait renversé le vin du verre sur le chemin de la table à sa bouche.

Mon Dieu, était-il dans le coin ou ailleurs.

Vite, hors de la zone, il conduisit au début de la nuit à Schweinfurth. L'enseigne de Fichtel et Sachs illuminait le petit matin. Des barges glissaient loin de la jetée de débarquement, comme retenues par de la mélasse. Loin derrière, cachés par les bois, les sanatoriums. Il resta là pendant une bonne semaine jusqu'à ce que les tremblements disparaissent et commença de nouveau à faire des plans.

Joua l'homme naufragé, pouvait à peine dormir. Il fit disparaître la voiture dans un atelier de révision, Viktor lui rendit visite, ça lui fit du bien. Être seulement là, ne pas parler. Ils conduisirent un buggy dans les environs juste pour attirer l'attention, pour qu'on s'en souvienne.

La serrure de sa mallette de pilote avait la combinaison trois fois sept et n'est pas réapparue à ce jour, tout comme l'Opel Diplomat et le conducteur. Peut-être qu'on ne voulait ou ne devait rien retrouver.

Il ne doit pas y penser souvent, aux quais, à ces gares de campagne, sinon le passé te rattrapera. Pire encore, les doubles ponts avec les poutres rivetées et cintrées sur les côtés pour supporter la charge.

C'était l'odeur de pin qui venait avec le vent de la campagne. Mais ici de la résine grecque chauffée et desséchée. Du nez au cerveau et le passé se rappelle à vous. Il n'était pas en forme. Cette avenue aux marronniers cancéreux.

Il se réveilla et après quelques petites gorgées de café Sketo, il lut le « Katamerini », « La Grèce actuelle » et d'autres publications du monde. Il commanda une deuxième tasse, porta la tasse vide dans le magasin et apprécia la fraîcheur à l'intérieur, ainsi que l'odeur des viennoiseries.

Ciga, ciga – vivre avec peu d'argent, être et devenir heureux, laisser le temps passer et ne pas faire de reproches, accepter quand et comment cela arrive, ne rien regretter, ne rien craindre. Être patient et apprendre.

Ce qui tombe, laissez-le par terre, laissez-le pour longtemps. Quelque part, il entendit une portière se refermer doucement. Une Classe E 320 bulgare passa devant. Quelque chose le frappa, parce que plus bas il y avait quelques hôtels m'as-tu-vu et sur la rive un bar en bois massif pour se saouler, un café trop bruyant avec du monde au premier étage. Une réunion émouvante, à moitié idiote avec peu d'argent et trop de ratés, c'est dommage pour les jeunes qui n'ont pas d'intérêt pour le quartier ni de travail. À côté de gros véhicules tout-terrain assortis avec des pneus larges garés dans le sable sur le rivage. Les climatiseurs marquaient les pierres sèches d'un noir foncé humide. C'est du gâchis. Le lendemain matin, il y avait davantage de bonnes affaires pour le réparateur de pneus sur la route côtière au-dessus du village. Encore plus bas, là où les rochers se rejoignent, un monument de marine, une centrale électrique dans la montagne, l'ensemble très soigné, tout neuf en béton apparent et très hideux.

Les pauvres môles du port avec quelques bateaux en plastique ne ressemblaient plus à rien non plus. Le bateau de la police locale était suspendu sur les câbles, à moitié inondé, le moteur hors-bord démonté, vendu, prêté. Son restaurant juste à côté de l'hébergement sur la plage, un léger déjeuner tardif et puis quelque chose de solide le soir. Là-bas ils l'ont immédiatement bien aimé. Il donnait des pourboires, bien que petits, et commanda quelque chose de bon et de savoureux et pas en fonction du menu ou des prix. En retour, il reçut un Tsipuro maison gratuit, distillé par des parents du cuisinier originaires de Crète.

Il se sentait coupable, il allait si bien et avait les coudées franches. Dans l'hôtel, on était presque trop amical avec lui, il ne savait pas pourquoi, il rencontra un Grec émigré d'Australie, un gars intelligent et parlèrent de nombreuses choses, des avions, de l'âme grecque et pourquoi les Français mentent.

Il pensait que les Allemands avaient raison et Wenger était d'accord. En parlant, Wenger pensa à Iris, à la côte et à la crème pour les mains au citron.

La salle de bain avait encore des fenêtres repliées dans la pièce, avec des carreaux encadrés dans du cuivre, sur des persiennes qui s'encastraient dans une cheminée intérieure, mais c'était soigné et inondé de lumière. Dans l'entrée un réfrigérateur qu'il régla sur la première position. C'est suffisant pour l'eau et les boissons, ça économise l'électricité et le compresseur fait moins de bruit, ne se met en branle qu'une fois par heure.

Il communiqua le numéro d'immatriculation de cette Mercedes à Berlin, mais rien n'en sorti. Immatriculée au nom d'un certain Donchev, président de la Croix-Rouge à Sofia, guignol politique et coureur de jupons, parfois vu dans des films. Parallèlement, aussi directeur des ventes d'une entreprise d'hygiène. Il ne peut y avoir de meilleur camouflage pour un espion américain. Il y a longtemps, il avait travaillé pour Radio Free Europe à Munich. Comme le disait le garde de service – un connard arrogant, inoffensif, lui oui, mais pas ses amis. Seulement, ce n'était pas lui assis dans la voiture, mais disons un garde du corps au regard mauvais, mentalement handicapé, avec des perles de sueur sur le front. Le gars n'a pas bougé d'un mètre, il avait une chambre dans l'un de ces hôtels-bunkers en béton. Il passa les soirées au bar devant. Il buvait du whisky avec de la glace et un trait d'eau sucrée de couleur. Il fumait de nouvelles cigarettes à filtre modernes sans interruption.

Le bon mélange pour rendre l'âme à 35 ans et être retiré de la liste des clients chez Kastner & Öhler. Nerveux le gars et gardant toujours un œil sur tout.

Wenger l'avait observé à plusieurs reprises lors d'une promenade en soirée. Plus tard, il put faire le lien, une nouvelle villa équipée de caméras de surveillance. Devant, deux onéreux Range Rover V8 noir. L'un avec une immatriculation bulgare, l'autre avec une immatriculation d'Athènes.

Le tout entouré d'une pelouse à l'européenne avec une clôture en acier inoxydable de deux mètres de haut avec du fil de fer barbelé en acier inoxydable. Apposées sur le dessus, des plaques de métal triangulaires clignotantes. La vitre était rendue invisible et sur le surplomb du toit une antenne émettrice et toutes sortes d'accessoires de marine, peints en vert militaire comme les câbles d'alimentation de la pompe hydraulique surmontée de miroirs paraboliques.

Tout l'équipement à la pointe et lavé à froid.

À côté une parcelle de terrain, un fermier y travaille, un vieux Massey-Fergusson étroit avec un axe pivotant devant lui, des poulets et des chèvres dessus.

La maison, un cottage blanchi à la chaux des dizaines de fois, était un peu plus bas que le niveau de la mer, le toit à peine visible. Derrière lui, une longue bande de terrain envahie par la végétation, pressée par de nouvelles constructions du côté de la pente, terminées mais non occupées.

Les conducteurs de rover avaient des femmes lunatiques de l'atelier de peinture et des enfants pénibles à la table d'à côté où il pouvait les voir tous en train de déjeuner. De larges bracelets en or se mariaient bien avec leur apparence générale. Le Grec commande en permanence quelque chose et maintient le serveur en activité. Le Bulgare fumait entre les services et buvait une eau de vie après chaque plat du repas.

Le lendemain matin, la voiture est partie, et ce type aussi. Il devrait le revoir.

Des nuages blancs et épais et se déplaçaient sur les montagnes côtières, il se mit à pleuvoir doucement, sans bruit. Ensuite un air doux, sans poussière avec un parfum fabuleux à l'intérieur qu'il ne pouvait pas identifier. Presque plus de touristes ici, à part deux personnes d'Athènes et quelques résidents permanents de Hollande.

Un doux silence emplit la baie, il se rendit à l'église.

À l'intérieur trois femmes en noir, un retraité avec une canne et Wenger. Il alluma ses bougies, fit un don un peu trop bruyant et s'éloigna péniblement.

Le départ était annoncé.

09H30 QUELQUES JOURS PLUS TARD LE LONG DE LA ROUTE CÔTIÈRE, LA MORT EST À MOTO

Leonidi, il conduisit lentement le long de la large rue principale à travers le village, passant devant des maisons carrées aux murs de pierre, pour quitter le village au nord-ouest par un chantier de construction étroit. Une si belle ville. Il emporta avec lui le calme et la sérénité du lieu. Cette petite ville a quelque chose de sublime, calme et spacieux dans cette vallée encaissée. Avant l'agglomération, un chantier de construction, avec de l'eau qui coule sur une route gravillonneuse, au centre de belles rangées d'arbres laissées en paix.

Une Mini rouge le dépassa à une vitesse d'enfer, projetant du sable et du gravier. Les vitres latérales teintées. Après une bonne demi-heure, il se gara dans une esquive gravillonneuse étroite et laissa les fenêtres entrouvertes. Il y avait un parfum d'herbes de montagne qui flottait dans cette gorge. Il senti la livèche, bien qu'elle n'existe pas en Grèce, et pourtant si.

Sur le côté gauche de la route, le ruisseau asséché, des poteaux téléphoniques gris-blanchis se tenaient seuls et tristes un peu plus haut. Leurs bijoux, de petits isolateurs en porcelaine blanche montés en biais sur le dessus. Pas de trafic, il était seul. Appuyé contre un rocher lisse, il regardait les abeilles des montagnes travailler et bût de l'eau tiède. Il n'y avait pas de fourmis, pas même ces monstres noirs et sombres.

Il pensa à Lucien Thiel, un gars dégingandé, ce couloir misérablement long près d'Istres, où une Rank Xerox se dresse sur un meuble massif. Il le trouva là, appuyé contre lui comme s'il dormait un petit matin à la fin des années quatre-vingt, raide mort. Un peu tendu. Lorsque Wenger se tenait juste devant lui, il sentit un courant d'air le long des jambes de son pantalon. Bien plus tard, ce rabat carré a été retrouvé dans la plinthe.

Une flèche empoisonnée, un petit morceau de plastique, était coincée juste au-dessus de son tendon d'Achille gauche.

Plus tard en Auvergne, ce haut plateau, la longue marche, le soir. À côté de la route principale, il y avait une piste cyclable où les patrouilles à moto roulaient. On était en chasse. Depuis des jours, ils savaient qui et où. Wenger à pied, soudain il fit sombre et terne. Il marchait près du bord gauche de la voie, devant lui et derrière lui une partie de l'équipe. Cette obscurité est oppressante, pas de vent. Une légère bruine s'est levée et maintenant cette route beaucoup trop large traversait une zone boisée.

Une voiture de police s'approcha, il entra dans la lisière de la forêt, se retourna, la tête légèrement pendue, les mains devant son corps. Il entra en douceur dans la végétation. La lumière bleue clignota plus loin dans l'obscurité et disparu. Il pensa à une Renault 17, une telle suspension, fiable.

Un village apparut, quelques fenêtres éclairées. Ils se retrouvèrent ensemble à une fontaine vide sur la place du marché, gardés par des maisons sombres et inclinées qui les regardaient avec colère.

Nous l'avons, il est à la porte latérale de la sacristie. Joliviet s'en chargera. Une petite détonation par deux fois, un glissement et puis le silence. Wenger agita les bras, il se sentit mal. L'auteur est mort, mais cela ne change rien. Une bouteille de cognac a fait le tour. Un autre rituel stupide.

Des bus Citroën à portes coulissantes les ont récupérés, le délinquant reçut son propre break, un break Peugeot 404 rehaussé.

Il sentait la mauvaise essence, quelle merde tout ça.

Ce qui restait, l'obscurité, un petit souvenir et une longue marche. Le cognac a brûlé son œsophage. Les Américains appelait de telles actions éponger, dans la mesure où il pouvait interpréter correctement leur argot. Éponger pas débarrasser.

Le ciel était bleu clair et il y avait un silence qui voulait tout dire et ne promettait rien. Alors il s'est reposé dans la pénombre. Pas d'oiseaux, juste un bruissement occasionnel et un ruissellement dans les rochers.

Ben Gun, l'île au trésor lui est venue à l'esprit.

Silence, ne rien faire, mourir lentement. Aller ailleurs en paix, écouter le vent. Personne sur le siège passager et pourtant quelqu'un est là. Pas d'urne scellée, fixée avec la sangle, rien qu'un vague parfum, quelques cheveux au vent, un doux murmure. Avant il les jetait par la fenêtre, maintenant elles lui manquaient. Il pensa à Monika, le rendez-vous avec le notaire dans cet immeuble de bureau crasseux. Il se souvint de la Croatie et de ces portes de bureau totalement maculées autour de la poignée à Samobor. Assis à l'intérieur comme une grosse grenouille, un vieux directeur mauvais aux cheveux noirs et gras. Un croqueur de devises avide qui a beaucoup promis et qui n'a presque rien tenu. Là-bas les usines de béton, de préfabriqué et de ciment dépérissent. Puis 200 km plus loin vers Slovanski Brod, une rencontre à moitié souterraine dans un ancien restaurant des services secrets et des communistes autour de boulettes blanches et trop de bière. Ce que lui ne buvait pas mais les autres autour de lui. Le tabagisme sans fin lui tapait sur les nerfs, s'incrustait dans ses vêtements et ses cheveux. Ce n'était pas le meilleur moment.

Les paiements de salaire, en retard.

Puis vers la Slavonie, avec de petits vignobles, de pauvres maisons à moitié crépies, des élevages de porcs et des bâtiments industriels désaffectés.

Beaucoup de rouille et la nature providentielle qui recouvrait tout. Cela sentait encore la chimie et le naphtalène. Partout des mines anti personnelles et on pissait à travers les trous de jante sur les freins à disque, car personne n'osait s'éloigner du bord de la route. Les freins fonctionnaient alors mieux. Une odeur dégoûtante d'urine rôtie. Des camions FAP cabossés et autres matériels à la lisière de la forêt, des tanks verts avec quadruple canons antiaériens dessus, comme neufs. Un ancien Galeb de l'armée de l'air yougoslave abattu gisait à demi courbé sous un pont de pierre. Tout le monde en train de se plaindre, trop d'alcool, là tu deviens pessimiste et prédisposé à la douleur.

Pourquoi les Russes nous ont-ils quittés, cria quelqu'un. Le bruit de moteurs l'a arraché à ses souvenirs.

Une Renault Mégane blanche descendit la rue et s'arrêta juste à côté de lui. À l'intérieur un couple de personnes âgées, comme il s'est avéré après la conversation. Tout commença par – Bonjour Madame, mon Français est très malade ... Beaucoup de rires suivirent et nous nous sommes compris lentement mais amicalement.

Les deux avaient soif, il les laissa boire dans une bouteille d'eau fraîche et leur donna quelques-unes de ses bananes. Elle était trapue dans une robe d'été, des yeux drôles, des cheveux blancs, il était maigre, à moitié chauve, et sombre, des yeux perçants, qui voyaient vite tout, un peu penché. Avant il était comptable, elle dirigeait une école de filles. Point.

Ils faisaient un long périple, voulaient continuer vers Tyros et auparavant visiter au moins un monastère. Il leur expliquait les routes secondaires et avertit de ne jamais sortir en Grèce sans eau et sans pain, de ne pas oublier votre lampe de poche et votre papier hygiénique. La faim rend puant et la soif rend agressif. C'est comme ça.

Leur écrit le numéro central de la police des étrangers et celui du club automobile grec.

Ils étaient de Salon de Provence, avaient tout fait en voiture et commencé leur tour en Thessalie dans le nord, se réjouissaient maintenant avec impatience de voir Nauphlion, l'Argolide et plus tard en direction d'Athènes vers l'Attique. Ils venaient de Monemvassia, ce qui était une bonne performance car tous les deux avaient dans les soixante-dix ans et étaient en route depuis tôt ce matin. Il leur recommanda de faire une pause à Xyroprigado, à l'hôtel Sunset. Il leur donna la carte de l'hôtel et leur conseilla de s'y détendre pendant au moins trois jours. Il leur donna une de ses cartes de la Grèce, car la leur était celle de la société de location de voitures, l'échelle était beaucoup trop petite et recouverte d'encarts publicitaires. Et lorsque vous êtes à la campagne, conduisez toujours jusqu'à la prochaine station-service dès lors que le réservoir est à moitié plein.

Les deux étaient pleinement satisfaits des conseils et de l'eau, la femme avait un si petit jus de fruit de 200 ml, avec ça tu ne vas pas loin.

Ils parlèrent de culture et d'histoire et que ce voyage était un de leurs vieux rêves, qu'ils réalisent maintenant. Il était plus à l'écoute, elle était agile et parlait. Ils l'ont remercié et l'invitèrent à venir discuter pendant le dîner quand il était dans le sud de la France. Quand ils partirent, il se sentait bien et avait la carte de visite de l'homme dans sa main gauche – Frédéric Parrot, MSc. ingénieur technique, responsable export, 37 rue de la Libération, Salon, etc. Il a pourtant dit qu'il était comptable, n'est-ce pas ? Karp Industries, il pensait connaître le gars.

Ce n'était pas une voiture de location, se rappela-t-il plus tard. Il resta toujours debout dans son coin pour laisser cet environnement, cette roche primitive, avoir un effet sur lui. Il pressa la deuxième housse de siège, qui est un drap extensible pour lit de bébé, elle était facile à laver et absorbait la transpiration. Le tapis de sol battu, il continua avec les fenêtres ouvertes. Au fond, un petit buisson de lavande gris-bleu et d'autres herbes aromatiques en fleurs, qu'il avait auparavant débarrassé toutes sortes de petits animaux.

L'Opel se tient bien dans les virages et passe la troisième, conduire tranquillement était à l'ordre du jour.

Il conduisit calme et satisfait sur la chaîne de montagnes, s'est attardé en haut au sommet, puis a continué le long de la longue et large route sur une pente opposée vers Kosmas. Là où on travaille encore avec un anorak et une capuche dans les bois au début de l'été.

Il attendait avec impatience la ligne droite infiniment longue qui mène presque directement à Geraki comme dans un autre monde, irréel dans une zone presque déserte. Par nuit de tempête et des tourbillons de neige, vous devenez catholique. Presque aucune maison, à l'est un paysage montagneux et rocheux et de l'autre côté des collines douces, avec une gorge cachée, une galerie aux murs de pierre, pour lui la plus belle de Grèce.

Il faut descendre jusqu'au deuxième virage de la route, au deuxième et tourner dans la grande direction vers Molai – Monemvassia. Lâcher prise, la route descend légèrement après la descente sinueuse de Parnon. Et vous devez avoir un objectif, le sien était Elia, une petite pension au bord de la mer, où le plus jeune est assis à la réception et porte le même prénom que son grand-père, Gregory et le deuxième hôtel qui leur appartient également. À Molai il fera une longue pause, aller dans un supermarché frais, un de ces anciens avec les enseignes bosselées et découvrir un bon rayon de fromages et être calme.

Geraki lui-même n'était pas à son goût, sauf l'ancien moulin à huile après la traversée et la vue lointaine sur le magnifique ensemble de temples sur le versant sud-ouest de la montagne. La zone en bas, enchantée. Les rayons de terre là-bas ne lui plaisaient pas, des ramifications qui ne mènent nulle part.

Des motos extrêmement rapides en mouvement, il senti de l'Upper Lube, Made in Holland ou quelque chose comme ça.

11H59 MORT PRÉMATURÉE EN FIN DE MATINÉE

Il bût une gorgée du second café qu'il avait commandé quand le groupe de motards revint. Les pilotes humiliés et encore plus rapides qu'avant. Juste derrière, deux voitures de police, des berlines Picasso avec gyrophares et sirènes. Les trois premiers bolides passèrent sans encombre, le quatrième entra dans les tables et les chaises qui avaient été installées. Juste comme ça, directement à côté de Wenger, sans réaction.

Le chauffeur est resté sur une table. La moto, une Triumph, coincée entre deux chaises, comme à l'arrêt, le moteur coupé. Il était sur le point de payer, mais commanda alors un Grassi à la jeune fille. Elle lui lança un grand regard, regarda autour d'elle et, malgré cette insertion, vint bientôt à la table avec ce qui avait été commandé. Wenger resta assis, bût, sa paupière gauche trembla, le conducteur mort, il le vit depuis son siège, mais pas cette glissade.

Un peu plus tard, un BO 105 atterrit dans un champ et arriva directement à proximité de l'église. Rien ne vola autour des turbulences du rotor, étrange. Deux hommes se laissèrent tomber, se dirigèrent calmement en direction du corps étendu sur la table, l'attrapèrent sous les bras et le traînèrent vers l'hélicoptère dont le compartiment à bagages situé sous la bôme de la queue était ouvert, l'homme mort fut soulevé, poussé à l'intérieur.

La vitesse du rotor passa du ralenti au mode poussée et l'engin décolla en arrière, pivota à une hauteur de 50 mètres au-dessus du sol et s'éloigna à pleine vitesse. Le tout avait duré moins de cinq minutes. Les habitants assis de Kafenion avaient à peine compris ce qu'il venait de se passer, et Wenger pas davantage.

Seul un essuie-glace avant de sa voiture fut redressé par le vent du rotor au décollage. Quelques porte-serviettes renversés et des cendriers sur le sol, rien d'autre. L'hélicoptère n'avait pas d'immatriculation lisible, l'équipage en civil, l'engin peint en gris-blanc-bleu, le train d'atterrissage haut. Il supposa un CBS ou une version Power de construction récente pour des vols en altitude à température élevée.

Tout le monde regarda tout autour. Wenger paya, bût tranquillement son vin, regarda autour de lui et écouta. Une telle action plaisait à Dieter, seulement il venait de subir une amputation partielle. Les questions fusaient à tort et à travers, sur les Albanais, la mafia bulgare, une invasion turque et plus encore.

En passant, il vit le visage pâle du motocycliste mort à travers la visière de son casque, il n'était plus jeune, sûrement plus de 50 ans. Le nez, large et spongieux. Il partit, le même chemin, à l'intersection du village plus haut vers Geraki, se demandant encore avec un léger mal de tête, avant de faire un arrêt à une station-service perdue sur la route plane

de la montagne, A pour uriner et B pour réfléchir.

Des carreaux blancs ébréchés, des traces de colle et des pièges à rats sur le sol. Partout une peste de silicone. Sûrement sur ordre d'un groupe multinational, qui a également laissé installer des pièges à rats à la station-service du village de Gramatneusiedl. Les pompes étaient démontées avec un peu de verre brisé autour. Les coins dégueulasses, des mouchoirs en papier collés au sol et d'incontournables préservatifs traînaient partout. Hourra, nous gouvernons le monde, juste dommage pour les réservoirs de sécurité à double paroi enterrés.

Le mort doit être important, il avait une apparence sérieuse, quelque chose de calme dans la mort. Nez large, narines profondes aux poils saillants. La peau pâle, comme la tête d'un cochon rasé. Cela lui a fait penser à Johann, Hans R.

Là-bas le plancher en béton d'un blanc éclatant, rongé par le soleil et jonché de petites boules d'excréments des troupeaux de chèvres. Quelques rouleaux de pilules au milieu.

Presque pas de sueur sur son front, des points noirs le ramenèrent vers l'extérieur alors qu'il passait l'ongle de son majeur le long de la racine de ses cheveux. Élimination écologique du cholestérol sans produits chimiques.

Ici aussi pas de fourmis et tout autour une sorte d'épicéa estropié, définitivement des conifères. Pauvre végétation, l'écorce de ces petits arbres est beaucoup trop claire... Dans la vie beaucoup de choses se répètent mais pas tout, seulement il n'arrivait pas à comprendre, car cette scène lui avait rappelé quelque chose. Il conduisit dans les lacets. Deux ou trois de plus, puis une descente. Maintenant sur des parties bétonnées de la route. Sur le chemin, pas même les bétonnières habituelles, pas de pick-up. Seule une réplique solitaire de Massey Ferguson de Serbie est venue vers lui. Au volant un paysan penché en avant et couvert d'un chapeau de paille. Des mèches de cheveux blonds avec des yeux bleus et drôles.

Ils se saluèrent. Silence et rien d'autre. Il aurait bien aimé lui parler.

Le courant d'air s'introduisit et transporta le parfum des environs par la fenêtre légèrement ouverte sur la droite. L'air sec et frais. Wenger se gara sur la gauche, dans le sens contraire de la marche, il y avait une esplanade de gravier propre, puis marcha dans un paysage vallonné et doux, la voiture en vue.

Il devait marcher, mettre du temps et de la distance derrière lui, sinon il deviendra fou des pensées et des questions auxquelles il ne voulait pas et ne pouvait pas répondre.

Un petit chevreuil le regarda, trotta tranquillement plus loin, un bel animal avec un pelage court, brun clair et lisse, des pattes élégantes et une tête gracieuse. Les yeux un peu tristes. Il marcha jusqu'à ce que l'empeigne de ses chaussures soit pleine de poussière et que toutes sortes de graines et de broussailles soient accrochées aux jambes du pantalon. Devant lui se tenait une pelle excavatrice solitaire et abandonnée peinte en bleu, Une ancienne Hanomag. Les pistons hydrauliques brillaient, pas une trace de rouille. Année de construction 1959, 96 chevaux, le reste de la plaque signalétique était aplati. Le siège du conducteur surélevé. Il avait l'air bien soigné, mais il ne trouva aucune empreinte de roue de l'engin. Il y avait des fantômes ici qui flottaient tout autour avec le vent.

Il vit une cuillère en aluminium sur la partie gauche de la boîte à outils en bois, grande trouvaille. Une fleur estampillée au dos, sous W.S.M. puis le nombre 38. Plus bas R.A.D. Il connaissait cette abréviation du bunker de réunion de Berlin : Reichsarbeitsdienst (Service de travail du Reich). Elle avait l'air neuve, pas de rayures, légère comme une plume, pas appropriée pour un lave-vaisselle. Il remit soigneusement le couvert en place. Il se sentait observé.

Des rochers gris-blanc qui ressemblaient à des tas de sable qui avaient été poussés gisaient autour. Il s'arrêta, ferma les yeux et ne fit rien d'autre. Il connaissait ce bruit de rotor. Un trois Bell 205 raisonnait par-là, ils volaient bas et il les regardait avec intérêt. Cap au nord-ouest et peu de temps après, il goûta l'odeur de kérosène dans l'air, qui vint tourbillonner.

Il nota que l'engin de chantier était en meilleur état que cet hélicoptère, la queue entière noircie par les gaz d'échappement, aux couleurs défraîchies, des taches sur les patins d'atterrissage bas. Il entendit le cliquetis des réducteurs pendant encore un certain temps.

Soudain un bruit interrompu, un silence. Il avait la chair de poule, il était certain de ne pas être seul ici, senti les poils de ses avant-bras se dresser contre les manches de sa chemise. Il se tourna lentement en cercle, rien et pourtant quelque chose là-bas. Des âmes oubliées, des fantômes du passé. Il préférait les fées ou les sorcières du brouillard de la forêt des merveilles.

En haut des traînées de condensation, il misa sur un quatre MOT, un vieux 747-200 ou quelque chose comme ça.

Le ciel bleu acier, aucun nuage et presque pas de vent sur au sol. Il étudia longuement et profondément une carte Michelin au 1 : 200 000, une carte détaillée de Marseille et de ses environs. Il visitera prochainement l'entreprise des Savons de Marseille. Descendre sur la Côte, avant de se détendre quelques jours dans l'arrière-pays et au Cap Nègre.

Il continua le long de la longue ligne droite, se sentant bien et léger avec un peu d'arrogance ou, mieux encore, d'assurance.

Être un peu stupide, c'est bien.

12H34 PUIS EN QUELQUE SORTE TOUT DEVINT IRRÉEL ET DOUX

Auparavant, en remontant de Tyros il s'était égaré et avait trouvé un beau petit monastère où il avait été conduit d'une manière ou d'une autre. Il s'égarait souvent et volontiers. C'est le seul moyen de connaître le pays, les gens et vous-même. Une nouvelle route d'accès, une bande d'asphalte sombre, le long du versant de la montagne, parfois parsemée de fragments de roches blanches brisées.

Un parking propre devant le monastère, face à la vallée. Tout le reste était encastré dans la pente, des libellules en l'air, un doux silence et quelques visiteurs locaux qu'il trouva assis lorsqu'il entra dans la cour du monastère.

Une forte énergie émanait d'ici, il se sentait à l'aise et en sécurité. Il avait conduit environ sept kilomètres de la route en montée pour s'y rendre, alors qu'il s'était précédemment ravitaillé dans une station-service sur la mer Égée, y avait rempli le réservoir. Un jeune sauvageon à la barbe noire hirsute était responsable de la station-service. Ces employés étaient assis à leur bureau toute la journée et regardaient leurs clients travailler. Ils regardaient en s'ennuyant leurs ordinateurs ou l'un des moniteurs de surveillance, sirotaient du café frappé, fumaient sans cesse. Son bureau était plein de vieilles photos brillantes en noir et blanc de classiques hollywoodiens, une nouvelle KTM était juste à côté de la caisse enregistreuse. Le sol carrelé, fraîchement nettoyé. Le gars ne pouvait pas ou ne voulait pas te regarder dans les yeux. N'était pas un Grec, plutôt un Arménien. Et il avait peur aussi,

Wenger ressentait quelque chose comme ça. Le jeune homme était un peu trop poli et respectueux. Il prit aussi un petit pain au sésame, sans cacahouètes dessus, régla avec des pièces sur le comptoir. Adio et sortit. Autour de la station-service dans de grands pots d'argile fraîchement peints, des buissons rouges en fleurs, entre un tuyau d'eau vert sinueux qui laissa une marque sombre.

Le toit au-dessus est une construction en coquille, du paradis des travailleurs et des agriculteurs. Beau, mince et pourtant si solide, lui rappelait une station-service à Friesach et une halte au Mecklembourg Poméranie.

Des parkings vides et plats, des Vopos de mauvaise humeur, des phares blancs incandescents, une pluie verglaçante et une route apparemment sans fin vers Rügen. Il y avait du thé avec du rhum cubain jaune doré, de la cassonade dans des boîtes en métal blanc, plus du pain complet gras et noir avec de la saucisse dure dessus et du fromage blanc caillé jaune clair enveloppé dans du papier sandwich. Mon Dieu, c'était si bon, vous aviez besoin de quelque chose à brûler. À cette époque, il ressentait encore une réelle sensation de faim.

À la fin, il y avait du vin mousseux de Crimée demi-sec. Il faisait terriblement froid, on ressentait presque moins 20 degrés dans une tempête et, comme souvent auparavant, les Polonais étaient en retard. Des constructions en coquilles, des allocations de matières premières, le chantier naval public de Stralsund. En face de l'hôpital, la buanderie avec ses extensions et aménagements et un parking en pente. Il y avait une sorte de fête de Noël et enfin de quoi manger. Il distribua des cigarettes Golden Smart de 100 mm et des gaufrettes Manner. Presque tout le monde buvait cette bière légère et ce distillat de grain, lui buvait ce vin des États frères et goûtait un terrible mélange de Cola. Les radiateurs étaient brûlants, c'était chaud et étouffant. Il sorti pour fumer, ses Gitanes, 25 dans le paquet, but de l'eau de vie aux pommes avec les infirmières, et il y avait des tablettes de chocolat noir de Pologne. Wenger distribua du vernis à ongle et de ces crayons gris de Suisse pour dessiner le contour des sourcils. Les gens firent un signe de la tête, rien ne fut dit, ils étaient heureux.

Le directeur, légèrement ivre, déclara : nous avons lavé pour le Kaiser, pour Hitler et maintenant pour les communistes et nous laverons aussi pour ceux qui sont encore à venir.

Puis il conduit à Putbus, grand honneur comme pour une visite d'État et personne ne se soucie de l'alcoolémie.

Il se cacha à Wreechen, à Saßnitz il y avait une église avec un pasteur, ce qui était bien pour lui, il pouvait à peine dormir et bût trop et trop souvent. Des heures de marche le long des plages devant les pinèdes le sauvèrent, pour le moment. Sigrid, une infirmière silencieuse, était sa compagne constante pour la journée, les nuits seul, à écrire, à ruminer. Trouver et jeter des excuses. Boire un ersatz de café avec un shoot, accompagné d'une soupe claire à la viande. Soudain, il y avait du pain blanc du combinat, cuit dans des moules à gâteaux rectangulaires avec une croûte dorée, accompagné de confiture de rose musquée de Yougoslavie. Sipak ou quelque chose comme ça, c'était le nom de ce produit naturel rare. Des soldats en manteau long, des zones réglementées, des véhicules de transport de troupes blindés et des membres du service de sécurité de l'armée populaire. Tous les bateaux sous clé, la mer sauvage et gris souris fouettait. Il ne revit pas

Sigrid, elle tenta de fuir la république, s'est noyé dans la mer Baltique. Lui complice en disait trop. Une femme douce et calme qui parlait peu et pouvait écouter.

Alois, ils t'attraperont aussi et tu ne le remarques même pas, c'était l'une de ses phrases. Elle avait raison et comment.

Il ne s'est jamais gelé au paradis des ouvriers et des paysans, mais il était toujours seul.

Putbus, la grande dame aux rides de rire, là-bas il allait à chaque représentation théâtrale. Ne sut jamais vraiment après la fin de la séance ce qu'il avait regardé et écouté. C'est bien ainsi. La culture passe avant tout.

Au petit déjeuner quatre journaux, légèrement humides. Texte standard – Augmentation de la production, notre flotte de pêche au large de l'Afrique et de nouvelles armes sont nécessaires au pays. Pour quoi et contre qui, Wenger ne l'a pas compris. Les Russes voulaient simplement se débarrasser de leur camelote comme les Américains. Comecon et Pacte de Varsovie contre le reste du monde, hourra.

Seule l'essence avait une si mauvaise odeur.

RECUEILLEMENT

La sœur supérieure l'accueillit dans le meilleur anglais d'Oxford, il y a longtemps, elle était responsable du recrutement chez un géant pharmaceutique, qui a une filiale à Athènes, le plus grand fabricant de montures de lunettes en Europe. Maintenant, ici heureuse et satisfaite, même si Wenger l'a trouvée un peu trop jolie. Et pourtant juste ce qu'il faut avec des yeux marron foncé étincelants et un pli décontracté autour des lèvres. Grande silhouette, doigts longs et délicats, pleine d'énergie et confiante.

Il obtint un peu de la confiserie molle multicolore enrobée de sucre en poudre d'une boîte en émail, une visite de l'église où il mit de l'argent et alluma ses bougies. Trois morceaux qu'il presse en diagonale de l'intérieur vers l'extérieur dans ce bac de sable brun clair, ponctué par des grains de riz. Puis il fit un don de 20 Euros. Pour ou à cause de cela et parce que la conversation s'était bien déroulée, il y eu un café noir mi doux, des bonbons faits maison, des raisins secs jaunes dans un bol et de l'eau de la source du monastère.

C'était agréable, propre et calme ici, presque pas de visiteurs. Une famille grecque est arrivée puis est partie moins de cinq minutes plus tard après s'être signée plusieurs fois d'un signe de croix. Wenger seul, à l'ombre sous les vignes. Au sol, de jeunes chats bien propres s'amusent et se livrent à des joutes démonstratives. Tout est tacheté de rouge et de blanc. Des rosiers avec des oiseaux en équilibre aux extrémités picorant quelque chose à manger. Mon vieux, il était heureux ici. Il étira ses pieds. Derrière lui, un couloir circulaire en bois avec des portes de chambre et une jeune femme du monastère en train de mettre de l'ordre. Les planches recouvertes d'une peinture claire et brillante, les clous galvanisés. Il y avait donc de l'argent ici pour assurer la qualité.

Un sac poubelle bombé a volé en arc de cercle sur le parvis. Presque une courbe balistique et claqué juste devant une novice. Mince et à la peau claire avec des lunettes, elle porta le sac avec d'autres en direction du parking. La fontaine en pierre dans le coin occupée par des moineaux hurlants, devant elle une gouttière qui coulait comme la source, gargouillant dans l'eau. En-dessous, un autre couloir, comme à moitié enterré au sous-sol. Il y a des fleurs et des légumes qui poussent partout. Le jardin du cloître est vaste, un côté rocheux et derrière un autre portail avec la route d'accès sablée d'avant. Des murs en pierre rouge-gris sécurisaient la zone vers la vallée. Derrière lui un SUV argenté presque neuf, une Lexus, donc très bon marché.

Il fut perplexe pendant un moment, jusqu'à ce qu'il découvre qu'il y avait une autre route d'accès à l'arrière, en gravillon, qui reliait l'autre versant de la montagne directement à la mer. La vue sur la large vallée avec les zones agricoles encerclées et les usines de production mortes d'un motoriste, un grand brevet, mais la production automobile grecque s'est endormie, à l'exception d'un bureau de développement à Sparte relié au goutte à goutte des subventions de l'UE.

Il y avait deux toilettes ici qui étaient en quelque sorte « non balkaniques », propres et bien ventilées. Une trentaine de libellules à rayures bleues volaient autour. Il se remplit d'énergie pour mille ans ou la vie éternelle. Il ne manqua rien et ne remit rien en question. Il resta dans la pénombre, inspira l'air fruité et laissa passer le temps, piqua brièvement du nez.

La sortie du monastère plus haut, à cinq kilomètres, un mur arrondi en pierre naturelle avec à mi-hauteur des icônes dorées à l'intérieur, recouvertes et protégées par de petites pierres en mosaïque. Devant lui, une petite fontaine et des fleurs rouges aux reflets brillants étaient suspendues dans des pots muraux. Le soleil est venu de la mer, a cloué le flanc de la montagne. Le calcaire scintilla en retour. La rue bordée de quelques bâtiments d'usines d'aspect moderne, tranquillement endormis avec des carcasses de voitures devant eux et les clôtures habituelles moulées avec trop de béton et de la taille de barrières antichar. Plus bas à Tyros ça ne lui plaisait pas beaucoup, voire pas du tout, à l'exception du vieux centre-ville et de la forteresse. La corniche, remplie d'hôtels étriqués, de pensions et de boutiques flashy. Beaucoup de bruit, des parkings sablonneux sans collecteurs d'huile et partout des tasses à café vides au vent. Derrière, la campagne, de pauvres touffes de roseaux, çà et là quelques châteaux ostentatoires de nouveaux riches sans raccordement aux égouts. Puis quelque part près du rivage, l'eau brunâtre et bien pire encore refluait.

Ce n'était pas le cas dans ce monastère, là-bas il y avait une station d'épuration biologique. Le commerce rend stupide et avide.

Se baigner là-bas sur le rivage t'amènera à l'hôpital plus tôt que tu ne le souhaiterais.

Les routes secondaires jusqu'aux plages étaient larges et construites grossièrement comme s'il y avait des terres à foison.

15H40 GERAKI AUTREMENT

Peu avant le deuxième virage, où la route menait à Geraki on passait devant l'école et quelques entrepôts fermés, au niveau du cimetière ombragé, qui lui plaisait, un barrage routier des deux côtés. Il laissa la voiture rouler, le climatiseur éteint, les fenêtres ouvertes et fut agité. De l'autre côté de la rue, il y avait une longue file de voitures, de tracteurs et de camions à remorque. Nulle part une mini rouge. Peu avant Molai, des policiers en civil à la station essence BP avec le magasin de pneus. Réparer une « crevaison » là-bas coûte sept euros, et c'est personnellement le patron qui s'y colle. Le tout à Rennes avec une facture dans un atelier Renault d'une propreté étincelante 19,60.

Il devait s'éloigner de ces hommes bien entraînés, ornés de lunettes de soleil sombres, tels des poupées de vitrine bien dressées. Ils étaient plus intéressés par la nouvelle Opel que par le conducteur.

Ils avaient déjà repéré la BMW 320 bulgare. Ils cherchaient quelqu'un et avaient des informations très précises à ce sujet.

Plus bas, il roula à exactement 50, se gara près du commerce et laissa la voiture juste à côté de l'un des escaliers d'entrée. D'abord, il se dirigea vers le bâtiment de la police, avant il y avait ce boulanger incroyablement bon avec ses desserts. Il acheta du chocolat au lait fait maison avec de minces flocons d'amande blanche à l'intérieur. Des biscuits au chocolat, petits et ronds, noirs, qui ont aussi bon goût qu'ils en ont l'air. Ainsi qu'une miche de pain plate avec quelque chose de saupoudré dessus. On se connaissait et le montant était une somme ronde.

Puis sur le marché – emplettes, détente et l'achat d'un dentifrice Crest, de la poudre de Sarah Lee, de l'Ouzo 11ème, un vrai schnaps industriel fort, une véritable eau minérale.

Pas d'eau du robinet de derrière la maison, du fromage d'un bac, un oignon blanc léger, du corned-beef et de la viande de petit-déjeuner du Danemark. En outre, trois bouteilles de Grassi à refroidir et de l'essuie-tout, mis en rouleau à Patras.

Les dames en caisses, désintéressées, trop maquillées et toujours de mauvaise humeur lorsqu'elles vous tendent sèchement les sacs en plastique. Il emballa lui-même ce qu'il avait acheté, elles ne savaient pas comment le faire correctement. Passa devant chez Adonis, se gara sous sa maison à côté de son Land Rover jaune et but quelques Tsipouros avec lui, accompagné de morceaux de calamars aigres, marinés, noirs et bleus et du pain à moitié blanc avec des tomates fraîches, qu'il trempa dans du gros sel de mer humide.

La ferme se dressait au début de ses champs et du deuxième étage on dominait ici tout le vaste pays, cette plaine fertile. Seulement interrompu par de petites églises, un cimetière et des routes gravillonneuses. Il laissa une bouteille de whisky Glen Eagles chez lui, ce qui le rendit extrêmement heureux, ainsi qu'un paquet de cigarettes Sopranie, 100 mm, filtre doré. Maintenant fabriquées en Pologne, la qualité correspondait au prix même au Monténégro toujours 4,50 Euros le paquet dans le tabac du supermarché.

Mon Dieu, ce bore était périmé, les installations électriques pillés, les vieilles enseignes de l'hôtel renversées, le ruisseau clair de montagne pollué avec des bouteilles en plastique, se souvint-il.

Ils ne parlaient jamais beaucoup, mais Wenger gardait un œil sur sa maison de vacances quand il était là et vice versa. Adonis avait des yeux bleu clair qui nageaient toujours dans les larmes, de beaux cheveux gris-blanc ondulés, un visage plein de cicatrices de la variole et un problème d'alcoolémie. Mis à la retraite à 48 ans, directeur de banque performant, grand agriculteur, il avait honte d'être Grec depuis 2006. Il vit et savait que la grande faillite était en marche, surtout depuis les JO. Son dicton à l'époque – maintenant nous avons transformé la prochaine génération en mendiants, levé 30 milliards de dollars et n'avons même pas l'argent pour les intérêts.

Devait-il aller à Athènes et peu importe le temps que cela prenait, il rentrait toujours tout de suite chez lui. Son fils Gunner dans la Marine sur un Sea Hawk, sa femme très intelligente, heureuse et toujours de bonne humeur. Lui moins, mais il était inquiet pour son pays, un peu trop.

Ils convinrent de se retrouver le matin à dix heures sur la Plaka, dans un café avec un croissant. Wenger lui remplirait un verre d'eau.

Des milliers d'oliviers autour de lui, il roulait lentement et le panache de poussière se déposait paresseusement dans les plantations.

Enfin seul.

18H00 HEURE DE LA COLLATION

Wenger avait garé la voiture juste à côté d'un haut mur en béton grossier recouvert de fleurs, à côté d'un tuyau d'eau enroulé qui pour une fois ne gouttait pas. Il lava les freins. Idem pour le radiateur, à l'envers, les Grecs pensaient qu'il était fou pour faire ça. Une Mini rouge poussiéreuse, avec un toit blanc et l'Union Jack sur les rétroviseurs, était cachée en biais dans le coin arrière. Il se souvenait de cette voiture avec le drapeau sur le toit. Trifouilla tout autour pendant un long moment et plaça méticuleusement le flacon de médicament dans l'emballage en carton droit sur l'essuie-glace gauche.

Il emménagea dans sa chambre au premier étage, rangea ses affaires et s'assit sur sa véranda, il n'y avait pas quatre personnes dans l'hôtel et il attendait avec impatience son dîner solitaire.

Directement vis à vis, les lumières de Githion pendant la nuit et devant lui quelques petites îles rocheuses, au centre des bateaux de pêche blancs aux superstructures peintes en bleu se frayent un chemin au milieu. Il aimait le son des moteurs diesel Faryman entraînant une petite hélice sur un simple arbre long.

Il éteignit le réfrigérateur, débrancha la télévision. Brancha le téléphone et l'ordinateur pour les recharger, dormit jusqu'à tôt le matin. Il alla nager à sept heures, frissonnant terriblement et un couple grec fut satisfait quand il entra lentement dans l'eau avec des contorsions. Cela fut plus tard longuement commenté au petit déjeuner. Il y a du gâteau marbré frais tous les jours, des œufs recouverts du fermier sur la plage et du café Ille, tout simplement fou. Il se fournissait en produits grecs, du miel, du pain du boulanger de Papadianika et du thé de montagne. Il étala une épaisse couche de confiture sur les morceaux de gâteau, ce qui provoqua de nouveaux commentaires attendu qu'il fit de même avec les morceaux de fromage.

Pas de Sigrid, ou s'appelait-elle Iris, là, l'Austin disparue, qui en fait est maintenant une BMW avec un moteur Toyota ou quelque chose comme ça. Vraiment britannique, après l'incorporation de VW Bentley. Aston Martin existe toujours et, Dieu merci Maserati, la Ferrari du peuple.

Il descendit la traverse dans l'humidité de la nuit, et savait que de la drogue se vendait dans le petit restaurant de plage et que les fils du fermier y gâchaient leur avenir. Parlez-en aux Grecs, ils détournent le regard, ne disent rien. Chaque concurrent est alors soudainement un ami, un parent, et pourtant une société tout aussi envieuse bouillonne juste à la surface.

Il leur offrira une descente inattendue avec des bateaux dans la baie, les sentiers vers le village et vers la baie voisine fermés. Fera confisquer les voitures et les motos sur le parking, les mettra aux enchères. Tout est beau sous les feux de la rampe, samedi vers 22 heures, quand la bière, l'eau de vie et le vin ne suffisent plus. Enfermer le propriétaire et ses acolytes, ils obtiennent cinq ans fixes, le reste quelques mois en préventive. Les prisons grecques ne sont pas faciles à vivre, là tu souffres vraiment. Nourriture, hygiène, surpeuplement, tout va bien, y compris le personnel le plus adorable.

Il appela Stavros à Kalamata, incorruptible et brutalement honnête. Il le fera sauter samedi et comment. Pas de police locale, pas d'informations, pas d'annonces. Il enverra les gardes de sécurité locaux vers une destination différente, en le faisant savoir haut et fort. Pourquoi ? Parce que ceux-ci sont corrompus, arrogants et irrespectueux, mêlé de stupidité et de paresse absolue. C'était l'analyse du patron lui-même dans le rapport. Voilà pourquoi !

Répéter toute l'action à nouveau dans une semaine, atypique, puis tirer sur certains des revendeurs en fuite. Plus tard, il y a ici dans la région un silence éternel et le maigre « garde » de Kalamata, cet officier de police tenace, passe une bonne journée. Il se fit envoyer ses cigarettes Gallant de Suisse et but une infusion de menthe avec. Cet homme est vraiment intelligent, incorruptible et absolument honnête. Il lui rappela l'ancien commandant de poste dans le petit village près de Grieskirchen, où l'on mangeait formidablement bien dans l'auberge d'une entreprise de transport routier. Gaspoldshofen, un chauffeur de Peugeot 404, officier de gendarmerie, pas un policier doux qui avait peur de sa propre ombre. Chapeau de paille, pantalon en lin blanc brillant, le bas des jambes huilés, des chaussures de montagne légères et en route. Sac à dos de randonnée sur le dos avec de l'eau, trois morceaux de gâteau épais, des lunettes de soleil, un couteau suisse, une carte au 1 : 25.000ème, une deuxième chemise, un maillot de bain et une grande serviette avec lui. Un petit pot de bandages et de pommade avec de la vitamine A.

La chemise, bleu clair à manches longues, il descendait dans l'allée.

Le vin flétrit et s'incruste, les dernières oranges sèchent entre les sillons. Plus loin, une chargeuse sur pneus JCB au repos et des chèvres qui grignotent. Le soleil à moitié droit et pas de circulation sur cette rue latérale. Il marcha vers le village, passant devant des poubelles vertes qui sentaient la charogne, derrière eux de nouveaux bâtiments avec devant des jardins affamés et des sols de balcon légèrement tombants.

Puis sur la colline à gauche, une petite ferme, fraîchement chaulée et le four à pain sous les braises. Des buissons de lauriers roses en fleurs tout autour, un chat à la porte. Le cadre était peint en bleu comme les volets. Les petites tomates poussaient dans des pots, à côté d'elles des courgettes et des concombres minces juste au-dessus de la terre rouge-brun. De petites éclaboussures de chaux partout. Ça sentait bon et frais ici.

Derrière lui, une clôture en treillis d'acier inclinée, des poulets tout autour et des oiseaux volant bas entre les deux. La mère de Dimitra apparu.

Kala Lois, Poli Kala, éloignez-vous de la route.

Il voulait continuer mais ne pouvait pas, elle était trop gentille.

« Katse ! » Assieds-toi sur le banc en face, je vais faire du café frais.

Efcharisto poli, et il déballa ses morceaux de gâteau et les plaça sur une assiette plate battue, aux couleurs vives, sur la table tremblante. Il étendit les pieds et aspira l'air épicé mais doux dans ses poumons. Il entendit le bois crépiter et craquer, mélangé au léger frémissement de l'infusion de café. Elle apporta du gros sucre dans un bol en verre et s'assit à côté de lui, s'essuya les yeux et tous deux regardèrent la rue étroite devant la chapelle délabrée en direction de la tour du port. Avant cela, un cimetière soigné sur cette descente semi-pentue jusqu'à la falaise en direction de la plage. Pendant trente ans et plus, elle et son mari avaient vendu une soupe de poisson mi aigre et épaissie à tous ceux qui passaient juste au carrefour, avec son incomparable souflaki. Les voitures faisaient le tour de leur stand et le mari était aux fourneaux. Quelques chaises en roseau tressé, au-dessus un pare-soleil fait de panneaux de coffrage minces et des tables bancales avec des plaques de bakélite rouges et grasses. Les enfants sont partis, le mari est mort, la belle maison érigée ensemble un peu plus loin vide et maintenant seule. La pente vers le bas du côté de la campagne plantée avec toutes sortes de choses pour la vie quotidienne et une longue rangée d'oliviers loin sur le terrain jusqu'aux premiers gros rochers brun-jaune avec la route gravillonneuse propre et jaune clair entre les deux.

Wenger retira la feuille d'aluminium et empila les morceaux de gâteau tout autour. Elle apporta une confiture de couleur claire ; il misa sur du coing avec de la pulpe et des zestes d'orange, joliment gélifiée, semi sucrée avec un arrière-goût aigre. Ils mangèrent tranquillement et attendirent que le marc de café infuse. Il bût son Sketo et Sophia le sien avec beaucoup de sucre. Elle était fière de ses tasses en porcelaine fine « Made in Great Britain », fines et transparentes comme la peau d'un aristocrate du XIXe siècle. Wenger appuya maintenant son dos contre le mur de la maison et ferma les yeux.

Aucune voiture ne passa, aucun touriste, juste la paix et la tranquillité. Un peu de vent se leva et bruit entre les arbres minces et dans l'herbe mi haute. Ici du foin a été fauché pour l'hiver, il senti un peu de l'odeur d'une chèvre et avec elle de la menthe parfumée. Pendant ce temps, elle travaillait dans la cuisine, où un petit poêle en tôle brûlait toute l'année. Un sol en brique tout autour.

Elle n'a jamais emménagé dans la nouvelle maison et cela devrait rester ainsi. Sa petite hutte sur la colline était trop jolie. Sa sœur vivait de l'autre côté, là où débouche le virage serré à droite vers Papadianika. Construite directement dans la roche, pas d'électricité, mais l'eau d'une source située sous la paroi rocheuse au-dessus. La vue à l'horizon sur les vallées, vers la mer, à l'intérieur sur la campagne vers les montagnes de Parnon et en bas presque jusqu'à Neapolis.

Elles se réunissaient le dimanche pour aller à l'église et parfois faire des emplettes. Elle avait un miel plein de saveur et Wenger lui fournit des piles neuves et une lampe frontale française pour lire le journal et ne pas se cogner les orteils sur des pierres en amenant les chèvres dans l'enclos le soir. Une sœur, mince et aux longues jambes, l'autre une petite femme douce et câline aux cheveux blancs et fournis. Toutes deux vivent en face de leur localité respective, possèdent de grands domaines, lisent beaucoup et souvent.

Quand il était là-bas, il les conduisait pour faire des achats et quelque chose comme ça lui faisait un immense plaisir, les invitait à Cafenion et leur servit des douceurs de la boulangerie. Tous les journaux actuels furent aussi achetés avec beaucoup de vin rosé du coin et du café. Sophia sentait le savon frais et Dimitra II, comme il l'appelait, renvoyait un doux parfum de violette. Toutes deux aimaient l'eau gazeuse. Sinon, elles poursuivirent leur propre chemin, l'une était à l'Emporiki Banka et Dimitra II à la Banque nationale.

Wenger à la banque postale de Molaos puis il conduisit les sœurs séparément à leurs affaires et s'entretenir avec le prêtre de Papadianika.

Pour Dimitra, il apporta un petit groupe électrogène de secours avec un moteur Briggs & Stratton, bétonna un petit socle et au-dessus vint un pare-soleil sur une charpente en bois. L'électricien d'Assopos leur posa des câbles pour des lampes et deux plaques de cuisson. Wenger ne touchait pas à l'électricité. Pour ne pas offenser Sophia, il acheta un petit réfrigérateur avec un compartiment à glaçons, ce devait être un Bosch d'Allemagne. Ce qui était en fait une Mercedes.

Chez Dimitra il y avait en hiver de l'émincée de brebis avec du riz, brebis qu'elle trayait elle-même, et en été, elle servait son propre yaourt avec des cerises.

Après deux heures de marche, le long de murs de lœss délavés et brisés en direction de Skala, il s'arrêta à Tsapiris. Fatigué et épuisé, à cause du vent de face et des mouches incommodantes que le vent de terre apportait. Il entra dans la salle à manger, un peu dans une semi-obscurité, et Georg Spätkirch était assis là, dos à la sortie, en pleine conversation avec Agnès.

À moitié chauve, un peu plus gros dans son fauteuil roulant ultra léger. Des sourcils touffus, une petite bière mousseuse devant lui et elle avec un café frappé. Salutations amicales, on ne s'était pas vus depuis des années.

Tu prends un « siège » ?

Oui, je avec joie.

Sans qu'on le lui demande, le propriétaire apporta un vin blanc sec dans une carafe d'un quart de litre et un verre à eau. Un quart de litre c'est important car le vin reste frais et froid, pas quand on sert un demi-litre. Wenger prit une longue gorgée et les regarda tous les deux.

Continuez à parler, j'aime écouter.

Je dois encore aller au petit coin.

Le quotidien Kronenzeitung existe-t-il toujours ?

Oui, seulement je préfère lire les NZZ.

Et moi La Presse, le Spiegel n'est plus qu'à gauche et loin d'être objectif.

Il ne pouvait pas se sortir l'histoire de l'accident peu de temps avant Tripoli de la tête, une crise cardiaque juste après un dépassement, la belle femme dans le cabriolet Mercedes. Il raconta tout à Georg.

Procure-moi les documents, tous les procès-verbaux et aussi ton évaluation.

Je m'en occupe et tu as dîné avec une dame il y a quelques jours, c'est sa nièce. Wenger, sidéré, dégluti, ne dit rien.

Comment était-ce à l'époque : Wenger conduisit de Sparte en direction de Tripoli parce qu'il devait expier ses quelques péchés après Megalopoli. Un petit cabriolet SLK argenté s'est rapproché. Dans le miroir, il vit trop de cheveux blonds enroulés dans un voile, des lunettes de soleil à la Audrey Hepburn, un visage étroit et un peu décharné, une bouche pleine. En dépassant, ils se retournèrent et rirent, puis il se laissa retomber. La plus très jeune femme se précipita. Après le deuxième monument aux morts, là où ça descend dans la plaine, la Mercedes un peu en travers sur le bord de la route, le clignotant droit allumé. À partir de ce moment-là, il l'appelait jeune fille. Quelques heures plus tard on lui parla d'une crise cardiaque. Mon Dieu, la femme était belle, même dans la mort. Quand il la retourna avec précaution, son âme était déjà loin, il pouvait ressentir cela.

Les platanes tachetés de blanc bruissaient dans le vent, ils emportaient l'amour et la vie continuellement mais doucement. Il coupa le contact, regarda dans la rue avec des yeux aveugles, où se trouve le fabricant de palettes et à côté, la station-service sans nom avec la vente de fruits de la veuve Lefteros. D'abord la police, une ambulance avec un médecin, puis un corbillard gris argenté. Tous se signèrent en silence.

Il fut longuement interrogé, puis soudainement la fin quand il proposa de s'occuper de tout, le transfert à Hambourg, les démarches officielles et bien sûr de payer. Il fut vite délesté de 400 Euros, il en fallu alors encore 4.000 de plus. Il fit ramener le SLK dans un porte-voitures et arriva à bon port. Plus tard, beaucoup plus tard, il reçut une lettre de remerciement poste restante Asopos. À l'intérieur une autre lettre de l'avocat de la famille avec la prière d'indiquer ses frais, dépenses, le temps passé, etc. pour prompt règlement, avec l'adresse de l'avocat partenaire de Thessalonique. Famille Hahn de Hambourg.

Wenger répondit qu'il ne pouvait pas accepter de paiement en raison de sentiments personnels. La rencontre avec Madame Hahn ne dura que quelques secondes lors d'un dépassement et il veut garder ce souvenir. Quelques mois plus tard, il fut invité dans l'une de leurs villas familiales à Sankt Gilgen. Des auditeurs patients l'attendaient alors qu'il racontait l'histoire autour du rosbif et du vin rouge. Il devait se ressaisir pour ne pas montrer de sentiments ou en montrer peu. Ambiance merveilleuse, les chambres un peu trop sombres pour lui, avec vue sur le lac et d'étranges fleurs bleu clair dans la cour devant.

Ici aussi, une Mercedes argentée sur le parking. Là-bas et à ce moment, il avait le sentiment que quelqu'un était toujours assis dans cette vieille salle à manger allemande et il ne pouvait tout simplement pas dire dans quel coin sombre ou dans quelle alcôve de porte.

On l'observa de près, mais il s'en sentait à l'aise. Du personnel local servit le repas et emmena sa voiture. La maison était solidement construite et seulement du côté du lac, on pouvait voir qu'elle était beaucoup plus grande que ce que l'on voyait depuis la route d'accès. Le jardin fraîchement coiffé et séparé. À mi-chemin dans la cour avant, une Peugeot 208 décapotable avec des sièges en cuir blond crémeux. Un vieux monsieur transparent et quelque peu tremblant était le chef de famille. Une voix ferme qui ne semblait pas du tout convenir au physique. Il fut libéré avec l'assurance que, à tout moment et en tout lieu, s'il avait besoin d'aide, merci de le signaler. Il reçut une carte de visite en papier fait main avec le nom Franz Hahn, pas d'adresse, juste un numéro de téléphone dessus.

Wenger serra de nombreuses mains, sentit un regard par derrière et marchait en silence et un peu intimidé.

Mon Dieu, cette femme était-elle belle, intéressante, il avait oublié de demander son prénom et c'était bien ainsi.

Tranquille et diminué, il rentra chez lui, mais où était-ce ? Iris, Sigrid, sœur ou tante ?

Un nerf s'enflamma le long du côté gauche du cou. Les yeux fermés, il commença à se souvenir, petite, raide, un beau cul et une bouche creuse, blonde cendrée. Elle était l'enfant du père. Il conduisit faire le plein chez Shell, du 100 Plus, lavage auto, tout le programme, et il était loin, très loin. L'aéroport de Francfort, le long couloir passagers sous la piste avec de la musique et des couleurs changeantes. Il s'y avançait, fatigué, sa mallette l'embarrassait, et devant lui un présentateur de programmes populaires qu'il n'aimait pas. Il croisa son ancien responsable technique sur ce tapis roulant pour passagers, le visage pâle, en pleine conversation avec quelqu'un d'autre. Ils le fixèrent, il fit demi-tour.

Après avoir atterri dans les East Midlands, il se rendit à Birmingham dans la ville. Une maison peu commune, construite en balcons avec boiseries et au troisième étage se tenait une femme, elle souriait. Elle portait une longue robe bleue du Tyrol sans tablier avec des éclaboussures d'étoiles blanches dessus. Quand il leva les yeux à nouveau, elle n'était plus en vue. La couleur des cheveux, le visage, il n'avait aucun souvenir.

L'odeur d'orange le ramena au présent. Il laissa la voiture s'égoutter. Toutes les portes ouvertes, le capot aussi, et sécha tous les plis et les marchepieds. Cela provoqua à son tour des commentaires amusants de l'employé de la station-service et de ses copains qui se tenaient là tout le temps. Il n'allait plus chez BP en face, dégueulasse à la sortie. Pression d'air à l'avant 2,2, à l'arrière 2,4 remise, roue de secours 2,6. Il prit de l'eau minérale et quelque chose de sec à grignoter plus tard. Il prit aussi un litre de Turbo, super huile de la société Fuchs en Allemagne avec un bouchon de garantie, du lave vitre et du liquide de refroidissement, une bouteille de chaque. Le carton assorti gratuit. Le tout 114,70, là-bas Shell n'accepte pas les cartes Shell, uniquement les espèces.

Après Thèbes sur le chemin de Elefsina, là-bas déjà, peu importe si ça brûle à côté ou que les tempêtes hivernales font rage, la ligne est stable. Ce n'est pas le cas à Molai, où la ligne est défectueuse, bloquée, volée ou éteinte.

Il roula le long de la merveilleuse allée vers Sikea, puis à droite vers Papadianika. Un hochet, la mini rouge le dépassa sur la ligne droite où les gitans peignaient au centre le marquage au sol en lignes serpentines. Église, rond-point, John, le magasin de bouteilles de gaz et le meilleur agneau aux légumes du jardin de Jaja, frites maison, brun clair à brun foncé. Wenger se gara à moitié sur le trottoir, à moitié dans le jardin juste derrière le bolide rouge de Cambridge.

Elle était assise dans le coin à côté de l'armoire tremblante, qui est un frigo à Coca des années 60. Il s'assit à côté et regarda longuement, presque de trop près, ses yeux bleu-gris.

Asseyons-nous là-bas, il n'y a pas de courant d'air, beaucoup plus calme et je la vois mieux.

Iris, maintenant il en était sûr, s'en alla sans dire un mot.

Sankt Gilgen, le coin et le passage, ils sont l'ombre de la famille, n'est-ce pas ?

Oui, s'en est-il un peu amusé.

Wenger commanda de l'agneau, 400 grammes chacun, avec ce qui était disponible ce soir ainsi que des pommes de terre brun clair coupées à la main avec des herbes aromatiques dessus, du fromage cuit et rôti au four, une demi-bouteille de Grassi froid, très froid et l'eau de la maison.

Pourquoi ne vous êtes-vous pas fait rembourser vos dépenses ?

Cela n'aurait pas fait de bien à mon âme, s'il vous plait, ne pensez pas que j'étais impliqué d'une manière ou d'une autre dans l'accident de sa tante. Je sais maintenant que ce n'était pas le cas, là-bas dans le Péloponnèse oriental, je n'en étais pas encore sûr.

Comment m'avez-vous trouvée ?

Par le service export de la Chambre de Commerce.

Ils mangeaient et bavardaient jusque tard dans la nuit, leurs doigts se touchèrent une fois en attrapant le dessert. Gelée de citron au yogourt granuleux. Je ne devrais plus conduire, aucun de nous ne le pense. John va mettre nos voitures dans sa cour et nous allons faire une petite promenade jusqu'au café des hommes, nous commander un taxi et je peux frimer un peu. Oui ? Bon, d'abord aller à l'église, allumer des bougies et donner quelque chose. C'est obligé.

Plus chaud à l'intérieur qu'à l'extérieur, silence et scintillement, lumière éternelle.

Un pour votre tante, un pour vous et un pour Kristos.

Il aimait ce vieux bâtiment, avec le parvis lumineux et les lustres dorés scintillants aux pointes dentelées serties de pierres de verre rouges. Elle ne dit rien et frissonna.

Il reçut son courrier au café, ils burent un cognac du fermier au comptoir et peu de temps après, ils allèrent à Elia dans un taxi Skoda neuf avec les fenêtres ouvertes. Un baiser rapide sur la joue. Wenger dormit profondément sans rêve tard dans la matinée.

CHAQUE VÉRITÉ N'EST PAS UN MENSONGE

Lois Wenger se souvenait.

C'était un de ces jours où beaucoup de choses avaient fonctionné et le hasard s'était endormi. Il n'y a pas eu de coïncidences pour Wenger. C'était déterminé un point c'est tout.

Il gara son lourd diesel. Des gouttes d'eau glissèrent lentement sur le levier d'ouverture du capot et s'égout-tèrent allègrement sur le tapis de sol en dessous. Avec cette pluie continue et cette vitesse élevée, cela repoussait l'eau à l'intérieur. Il marcha rapidement et fermement de la lisière de la forêt en ligne droite vers le porche. Un interphone en acier inoxydable le fixa avec suspicion.

Avant qu'il n'ait pu appuyer sur l'un des nombreux bou-tons, la porte d'entrée commença à s'enfoncer dans une ouverture au sol, vrombissant doucement. Nouveau pour lui, autrement ces systèmes roulaient le long de la clôture.

Un sentier bordé de dalles de porphyre à larges pores conduisait sur une pelouse en pente douce jusqu'à la maison principale. Il se sentait surveillé. Cependant, il aimait cette baraque géante surdimensionnée. Derrière elle commençait une rue commerçante, animée et fraiche, emplie de bavardages, protégée par un haut mur extérieur revêtu à l'intérieur de carreaux du Portugal.

Il fit tourner sa clé de voiture dans la poche de sa veste et vit quelques palettes empilées sur le côté. C'étaient des briques rectangulaires à double cuisson, résistantes au gel. Il tira une chaise en osier sous lui et commanda un café long avec de l'eau du robinet au serveur grisonnant. Des gens se pressaient autour de lui, tous vers la grande fête, un capitaliste invite la plèbe ou quelque chose comme ça. Elle marchait rapidement, fascinante à regarder, en short court, le soleil dans le dos, des cheveux blond cendré sauvages et mi longs. Un pull côtelé moelleux blanc, jusqu'au nombril. Il prit une chaise en osier de l'autre côté de la rue, étira les deux pieds et laissa ses sandales pendouiller. Le serveur arriva en un éclair, elle commanda un petit gin tonic sans glace. Il reçut un regard interrogateur de ces yeux mouchetés brun doré avec des taches bleu clair à l'intérieur. Il alluma une Silk Cut et ne dit rien, il ne put que la regarder. M'aimes-tu, puis une petite pause, et un « encore » vint.

De plus en plus ma fille. Sa tête bouclée, mon Dieu, comme les gens peuvent être beaux. Maintenant nous sourions tous les deux, tellement chanceux, trop. Les résultats n'étaient pas bons, comme pendant la guerre, une ligne après l'autre s'est effondrée.

Il était 13 h 48. La fête commençait à deux heures. Wenger voulait payer, mais personne ne venait à la table.

Dans les films, on dépose simplement un billet de banque, aucune porte de voiture n'est jamais verrouillée, personne ne va aux toilettes et de toute façon personne ne travaille. Ils se tapotèrent et commencèrent à marcher main dans la main.

Tes lèvres ont un goût de tabac macédonien et toi un goût de baies de genièvre et plus encore.

Elle lui dit – tu sais Lois, notre relation est bonne, faite pour nous et Dieu le sait.

Ils se faufilèrent entre les gens, se laissèrent entraîner jusqu'au bout de la ruelle.

Sois à l'heure s'il te plait.

Ils ne parlaient pas beaucoup, communiquaient à travers leurs yeux et leurs lèvres. Les bras se resserrèrent, les bouts des doigts glissèrent sur les paumes intérieures, les ongles s'accrochèrent brièvement, c'était son contact. Il n'aimait pas ces kilomètres sous surveillance. Du personnel de Group 4, des officiers de police en civil. Beaucoup d'électronique pour passer l'aspirateur sur les téléphones portables ou simplement éteindre les systèmes de transmission. Le localiser n'était pas si facile, son téléphone désactivé et jeté. Le pare-soleil baissé, la glissière d'échange de plaque d'immatriculation sur trois, un chandail, pas de bagues ou de montre au poignet et ainsi de suite à travers les serrures virtuelles. Il se rendit librement à l'Attersee où une humeur mélancolique le rattrapa.

Samedi soir via Palmsdorf jusqu'à Nussdorf puis tout le tour avec des pauses et des balades. Pas de touristes là-bas, beaucoup sont en pause automnale. Une Astra blanche était accrochée à l'arrière depuis un certain temps et devant une BMW sombre. Alors à la station-service Agip. Il fit le plein de diesel et pris un peu de chocolat noir, une bouteille d'eau hors de la tablette réfrigérée, paya en espèces et parti. Après Attersee, plus haut jusqu'à l'église.

Plus aucune compagnie ou bien si ?

Il descendit vers le lac, passa devant la pension Huber et le matou à la queue trapue. Ici c'était agréable, trop agréable et calme ici. Regarder le lac, allumer une bougie, conduire plus loin. Il dînera chez Ragginger et passera la nuit un peu plus haut. Demain il sera là, à deux heures moins une minute.

SAN VITO LO CAPO
ANGLES DOUX, REBORDS SILENCIEUX

Direttore Buffo ...

Buffo c'est le nom du comique, lui expliqua Jésus.

L'appel de Sigüenza arriva.

Les crépitements, les coups, les sifflements et autre que tu as entendus à Maria Miseria en haut pendant la pause, tu t'en souviens ?

Oui, merci Jésus !

Eh bien, je n'ai rien remarqué, mais le jeune Anglais, qui parcourt la région chez nous deux mois par an, si. Il dit que ce sont soit les maudites âmes des républicains, soit que le village abandonné se dresse sur un dôme de pierre et qu'à l'intérieur il s'y passe beaucoup de choses, comme des gouttes d'eau qui tombent. Mais cela peut aussi être un filet qui s'écoule. Un processus thermique, des tunnels secrets abandonnés, une mine du passé. Il forera un puits pour le compte de Preserve Gold Ptv. en Afrique du Sud.

Wenger le remercia et remit lentement et soigneusement le combiné téléphonique sur l'appareil. Il aimait le vieil appareil à cadran. Il était sept heures du matin et la rue Santo Christoforo Colombo sous sa fenêtre à Casteluzzo était comme oubliée. Ou n'était-il pas du tout saint ?

Silence, un vent léger ondulait à travers les cyprès et les pins. Par conséquent se brosser les dents, prendre une douche et ranger la chambre, tout mettre en ordre. Il était bientôt prêt avec tout cela, maintenant 07h45 heure locale, les agriculteurs très affairés à leur travail. Alors aller faire un tour, de l'autre côté de la rue dans le quartier avec les fermes dispersées, loin des maisons privées et des petits magasins dans la rue.

Il passa le long de clôtures, trouva un cheval attaché qui, en se rapprochant, se transforma en un âne qui le regarda de près. Gris clair, débraillé et un peu désœuvré. Il resta là et ne bougea pas à part un tremblement au bout de ses oreilles.

L'étroite bande d'asphalte s'est transformée en une route sablonneuse et se terminait par des dalles de roche scintillantes vert foncé polies. En haut à gauche, vers le nord-ouest, une propriété sombre, où un garde se tenait souvent devant, pas aujourd'hui.

Il chercha sa pierre, sachant qu'à chaque fois il s'asseyait sur une pierre différente, et regarda vers la mer, qui gisait là paresseusement. Pas d'ondulations et pratiquement pas de houle. Une ancienne Fiat Tipo arriva en grondant, un homme ridé avec un chapeau de paille en sorti.

Salve, se dirent tous deux presque simultanément.

Il déchargea toutes sortes d'engins de pêche et s'enfonça le long des surplombs rocheux avec ses ustensiles. Wenger resta assis, apprécia le silence et observa les pigeons pendant leur vol d'entraînement du matin. Vol en formation, tonneaux rapides, attaque en solo jusqu'à ce qu'un faucon passe à travers et qu'ils se dispersent dans toutes les directions, se rassemblent au-dessus d'une ferme pour trouver un abri dans la cour intérieure.

Le silence, juste le léger grondement de l'eau, poussée par un peu de courant sous les pierres de lave érodées et mauvaises. Juste le bon truc pour glisser, se briser les os.

Le soleil commença à réchauffer la roche déchiquetée en haut du Zigano, ici encore à moitié à l'ombre et rien d'autre. La couleur de la Tipo est vert pâle, la vitre du conducteur à moitié ouverte, la clé sur le contact. Ce qu'il a remarqué, ce sont des pneus neufs. Super slogan sur la lunette arrière laiteuse – « Nous apportons les innovations que nos concurrents imitent mal à prix exagérés ». Ou quelque chose comme ça, car avec ses compétences en traduction, c'était de l'à peu près. Il continua en direction d'une bosse rocheuse plate et sombre, là où la route côtière se termine et donne sur un chemin clôturé, devant une immense porte d'entrée, sous les yeux d'un garde grincheux. Derrière lui, dans un espace ouvert, se trouve un cheval blanc aux oreilles dressées. Le deuxième ici dans cette étendue de plage à peine visitée.

Avec un tel personnel tu n'as rien gagné, si ce n'est quelques minutes avant de devoir régler les choses ou quoi que ce soit d'autre toi-même.

Derrière un cul-de-sac, aucune plantation de part et d'autre, puis un manoir majestueux tout en vert. Des tours attenantes et deux cheminées élancées perçaient le ciel. Élégant, magnifiquement répulsif.

Dans le village tout est encore fermé, la station-service TAMOIL ouverte, le locataire faisant le nettoyage quotidien et le brossage des allées de circulation, l'eau aspirée avec gourmandise par les bandes de plantation ornementales. Ces trucs devaient supporter tout ce qu'elle contenait dans ce mélange d'eau, d'huile, d'essence, de chlore et autres rejets chimiques.

La croix verte et blanche au-dessus de la pharmacie clignotait avec lassitude, les premiers camions de gravier à 4 essieux chargés à bloc sur le chemin du quai de chargement des navires de sable à destination de l'Afrique du Nord, qui attendent avidement les approvisionnements. Tout est quotidiennement regroupé.

Wenger attendait le petit déjeuner avec réjouissance, personne là-bas, pas de touristes arrogants, bavards et autres acteurs impeccables.

Francesca servi en silence trois ciabatta grillées, une portion de confiture de cerises et un peu de miel. Une infusion de menthe et un cappuccino frais saupoudré de poudre de cannelle à côté une petite eau minérale plate, non freddo. Il prit tout son temps, débarrassa lui-même et mit tout sur le comptoir du bar de jour, qui était aussi un point de rencontre et un restaurant pour les clients de rue, la police, les voyageurs d'affaires, les politiciens locaux et les agriculteurs. Populaire auprès des retraités et autres malades chroniques. La salle à manger rustique et haute un peu plus loin derrière côté campagne.

Wenger se rendit à San Vito sans papiers, gara sa Mercedes 3 litres 5 cylindres de 1979 au sommet du cimetière et se dirigea vers la station marine et météorologique.

Si tu n'as rien sur toi, ils ne peuvent rien te prendre ! Bonjour sergent. Mes papiers – oh, je les ai laissés chez monsieur Buffo.

Scusi, et tout est réglé.

Et si la police redemande, ce qui n'arrivait que très rarement, on disait : « Si », le permis de conduire, le passeport, les cartes de crédit sont dans le coffre-fort et monsieur le Dottore, ce qu'il est également, et même un vrai, n'est actuellement pas dans la maison. Lui seul a la clé, même s'il goûte les sauces dans la cuisine. C'est ainsi que cela fonctionne vraiment et correctement. Pour l'exécutif, il y a un petit café noir avec quelque chose à manger et tous sont le plus content du monde.

Le client paie ensuite la facture du dîner, bien imprimée avec la date et les taxes, bien sûr avec l'heure correcte. Ce qui représente également les frais de location du coffre-fort.

L'État a donc sa part d'impôts, le serveur a son pourboire et tout le monde est satisfait.

Il avait toujours un deuxième passeport avec de l'argent de réserve dans la poche avant de sa chemise. Mon dieu, c'était magnifique ici, à droite les falaises et la mer qui roulait paresseusement dans le petit port, à gauche des maisons de vacances mono-familiales propres avec des bandes vertes entre les deux, derrière elles des terres agricoles vers le haut jusqu'au bord de la colline. Pas de détritus, tout est propre. Même les filtres à huile usagés ne traînaient pas.

Il sentit le soleil légèrement sur son dos, presque pas de vent.

Il ne pouvait pas et ne voulait pas passer devant la petite auberge avec le jardin devant, où le toit filigrane est soutenu par de fins piquets en bois ronds. Là il y avait de la fougasse avec du jus de citron dessus et un peu de miel tartiné, plus tard dans la journée du tonno fraîchement pêché dans une sauce brun clair, avec du pain de blé et un blanc doux. Alors assis pour le deuxième petit déjeuner, le journal local à côté avec le dictionnaire jaune de Langenscheidt pour en disséquer le contenu. Les fauteuils, branlants avec une vannerie aérée et fanée. Sur le dessus de la table un vieux torchon, fraîchement lavé et repassé sur les bords. La propriétaire servit tout par derrière sur la gauche, puis s'assit en diagonale à côté, en alluma une sans filtre et regarda la mer. Noir foncée avec des dents blanches comme neige et une ride légèrement méprisante autour de lèvres délicates. Elle portait une jupe courte et bouffante multicolore et avait des poils sur le bas des jambes, ses petits pieds dans des sandales en cuir marron clair. Des ongles rouge vif amusants apparaissaient au milieu. Un peu plus tard, elle apporta un verre d'eau pour elle-même et à côté une sorte de liqueur aux herbes, pas vraiment sucrée, un peu amère avec un léger parfum d'amande. En outre, quelques tranches de pain léger et sucré. Cela lui rappela le pain au lait du sud-est de la Hongrie, qui est servi à la cantine avec un café noir à partir de quatre heures du matin après le changement de l'équipe de quart. À cette époque, les Russes pensaient être toujours aux commandes, injectant plus de quatre milliards de dollars dans le pays chaque année grâce au Pacte de Varsovie et payant les dettes extérieures.

Wenger était sûr que plus tard, d'autres idiots le feraient aux dépens de leurs contribuables.

Leur Nutella est ici fait maison sans lécithine de soja, huile de palme et autres agents pathogènes qui lui avaient provoqué des éruptions cutanées et mis de mauvaise humeur. Alors, étaler la fine couche de crème de noisettes sur le pain au lait clair, au-dessus de la confiture d'orange. Entre les deux, siroter un café léger avec du lait, pour terminer avec une gorgée de cette eau douce et plate.

Ils ne parlèrent jamais, juste un petit contact visuel. Le soir, c'était en plein essor ici, le matin c'était calme et solennel.

Des coins arrondis, des rebords lisses, c'est ce qui vous fait vivre ici.

Derrière, après une véranda plate, le bâtiment avec la salle à manger, la cuisine et le débarras. Les toilettes à l'extérieur comme collées. De fines cheminées en aluminium ou en fer-blanc pointaient vers le ciel à gauche. Sur le dessus, des ventilateurs rotatifs et clignotants.

En face de lui, du sable léger, qui ondule tous les jours, protégé par de petits piquets. Des poubelles en fer-blanc accrochées sur des poteaux en bois jaunis suffisamment loin. Sans le commander, du vin blanc fut servi dans un grand verre d'eau égoutté. Pour lui un Riesling sec.

Il la remercia poliment d'une légère inclinaison de la tête et elle marmonna quelque chose.

Il cassa ce comprimé d'aspirine de 600 mg d'un fabricant local en deux, c'était aisé avec les ongles des pouces et l'index. Elle attrapa le fragment de la paume de sa main, le jeta dans sa bouche et le fit descendre avec de l'eau. Maintenant, ils riaient tous les deux.

Le matin, il avait beaucoup de douleurs à l'avant-bras et à la paume gauche, Dieu sait par qui et pourquoi. Ici quelqu'un le retient trop fort toute la nuit. Quelque chose comme ça le mettait en colère et l'irritait, aujourd'hui il s'en fichait.

De petits oiseaux colorés dansaient amoureux autour des poteaux de la verrière. Le vin était excellent, terriblement froid et poussiéreux, là il s'y connaissait, parfois trop bien. Nous sommes l'Occident chrétien, donc dans cet ordre : les femmes, l'alcool et la nicotine. Profiter avec respect, vivre longtemps et mourir vite. Entre les deux, s'assoir et bien manger.

Le journal rapporta de grandes nouvelles, un politicien local a reçu une balle dans la tête, dans l'œil gauche, après quoi il est décédé. Une Aston Martin grise argentée avait démarré en trombe de là sur une route de gravier, et avec elle ses deux occupants. De la façon dont le rapport était rédigé, vous ne saviez pas où se concentrait la pitié, pour l'Aston Martin ou les amants divorcés.

Ici, les amoureux meurent souvent ensemble mais seuls.

Cela rendait Wenger juste triste et pensif.

En montagne la remise en état des routes dût être arrêtée car l'asphalte ne durcissait plus à cause de la chaleur. Les pompiers du village voisin subtilisèrent l'eau des bornes à incendie publiques pour remplir les piscines de certains habitants aisés, mais après avoir agi avec autant d'audace, la pression du réseau public d'eau s'est effondrée. Ils furent arrêtés immédiatement, le vol d'eau est un crime terrible dans le sud. Mais qui donc, les donneurs d'ordre ou les pompiers ou les deux ensembles ?

Vous ne pouviez pas lire cela non plus, ou ils manquaient simplement de compétences linguistiques. Dans la section publicité, les machines à laver Indesit étaient proposées pour un prix incroyable de 299,99 et en plus, il y avait cinq kilos d'une lessive magique qui lave plus blanc que le soleil sicilien ne peut décolorer. Hourra !

Bari a joué contre Brindisi en Ligue B et a gagné par quatre contre un. La Fiat Grande Punto dans un bleu clair, avec cinq portes et la climatisation pour un prix net clé en main de 8990, – ce qui donne à réfléchir.

On parle le dialecte ici, aussi vite qu'une attaque de mitrailleuse MP. Tout ce qui lui convenait, ainsi il pouvait regarder les gens, balancer et hocher un peu la tête. Des fonctionnaires de la police criminelle, particulièrement bien habillés ici, des pantalons chics, une superbe veste et pas de barbe de trois jours et certainement pas de ce gel pour les cheveux, comme le montrent ces innombrables séries télévisées stupides. Seuls les héros meurent seuls et personne ne va aux toilettes.

Une 2 CV vert clair avec un toit ouvert et des phares ronds chromés est sortie poussiéreuse de la direction du phare – base navale.

À l'intérieur, il y avait quelque chose de rouge mince avec d'énormes lunettes de soleil. Mon Dieu, qu'est-ce que les femmes sont belles.

Il plia le journal avec soin et le lesta d'un cendrier abîmé avec Cinzano en impression dessus. Un vent léger tirait sur la serviette de table. Wenger s'endormi. Rêva de fours à ciment près de Berlin et ne trouva jamais la sortie d'un bunker gouvernemental, tout y est en vert et ce bleu militaire russe. Il sentit une légère odeur acide dans son nez. Au niveau des poteaux d'amarrage dans le bois de la Spree, il tomba comme souvent dans l'eau sombre et calme, un peu avant l'accostage.

Vous vivez aussi longtemps que vous souffrez. Un dicton stupide que personne ne remet en question prétend savoir comment vivre avec. Nous pensons que nous avons encore tellement de temps ensemble que nous ne pouvons pas.

Il sentit comment il dormait maintenant profondément et ses pieds se réchauffaient. Il se réveilla aux environs d'une heure, Simone, cette sorcière, comme il aimait l'appeler, lui apporta de l'eau fraîche et froide, qu'il bût lentement. Ne tomba pas de la chaise cette fois.

Il était seul sous la véranda face à la rue. Il se décida de moins parler, d'écouter davantage, car il lui parut que les gens parlaient de plus en plus dans un chaos inexplicable. La peur et la cupidité règnent, rendent stupide et méchant. Il entendit certains des invités parler, ils étaient assis plus loin dans le bâtiment plat.

Il se sentit à la fois frais et fatigué, mit son argent sous le cendrier et marcha un peu avec raideur vers le port dans la pénombre le long d'un haut mur de talus construit avec des pierres massives. En mai, il y avait des mûres juteuses et dodues qui poussaient jusqu'à hauteur des épaules. Il n'avait pas remarqué qu'il portait sa veste de façon lâche autour des épaules.

Vue sur la plage de la ville, devant la large jetée avec des bateaux militaires. Oui des bateaux, pas encore des vaisseaux. Au loin, il y avait un héliport qui scintillait au soleil. Il descendit les larges escaliers. Les pierres au sol blanches nouvellement posées faisaient mal aux yeux dans la lumière crue. Il s'arrêta sous un auvent près de la maison du capitaine du port et regarda autour de lui. Personne ici, personne là-bas, sauf quelques marins inactifs regardant ici et là, en face les longs et minces cargos de gravier et de sable, enveloppés dans un nuage de poussière incliné, bien qu'aucun camion ne déchargeait, et que les bandes transporteuses soient à l'arrêt.

La musique d'une radio venait de quelque part, entrecoupée de slogans publicitaires, puis le silence. Quelqu'un a dû débrancher la prise et jeter la radio à la mer. Fort bien, et comment.

Le poisson bien profond, il faisait chaud et sec. Il montera dans les montagnes en direction de Ficarello, là où les sorcières du brouillard sont en vol et où il pourrait voir au loin vers la mer. Les falaises géantes noires et dentelé en demi-cercle protègent les gens et le paysage.

Il aimait marcher sur le plateau plat dans l'air brumeux, entre ces arbres minces et vert foncé.

Quelques heures plus tard, une fois la paperasse terminée, la Mercedes est sortie des virages serrés à haut régime en seconde. Là à environ 400 mètres au-dessus du niveau de la mer et un peu plus haut, il y a une petite auberge, construite en blocs de pierre blanche, du mortier à gros grains entre, avec un toit taché. Des bardeaux gris foncé dessus et des fenêtres basses avec de petits rideaux à pois rouges. Il s'assit là, après qu'il eut faim, dans le coin abrité et disposa le deuxième cousin de son siège dans le bas de son dos. Giovanni le serveur et propriétaire apporta de l'eau claire dans des chopes en verre, là-haut il y avait un rouge léger, pas chaud, ce qu'il aimait beaucoup et un calme indicible, seulement quelques mèches laiteuses de brume dérivant autour pour fuir le soleil, qui brillait maintenant plus haut depuis le nord-ouest.

Pour l'entrée, il y avait des spaghettis ronds, saupoudrés d'un fromage brun clair sec parfumé dans un peu d'huile d'olive, vraiment croquants, puis de la chèvre cuite à la vapeur dans une sauce rouge avec des petites pommes de terre coupées en carrée, et un pain gris pour saucer.

Pour le dessert un gâteau sablé avec un glaçage au citron sur une confiture liquide et rouge vif.

La Mercedes se reposait à l'ombre avec les fenêtres ouvertes pour aérer, le jaune criard allait bien avec la lueur du safran dans le gâteau.

Mon Dieu, il allait bien, presque trop bien, un léger sentiment de culpabilité surgit.

Loin de là avançait un bateau de passagers de la taille d'un hôtel de cinq étages. En bas sur la rive, les usines de thon en ruine et les halles aux toits gris et pâles. Entourées de gros gravier, les voies d'accès délavées, abîmées. Ces déplacements sur les routes gravillonneuses étaient formidables et procuraient une sensation de liberté, laissant une grande partie de toute chose dans un nuage de poussière paresseux retombant lentement. Bientôt l'obscurité régnera là-bas et la fraîcheur de la nuit prendra le dessus. Wenger frissonna.

Le propriétaire s'assit sur son côté gauche, bût lentement son café, pas un expresso. Un café saupoudré de muscade provenant d'une grande tasse mince. Celles en véritable porcelaine fine et blanche comme neige.

Pour lui, il était à moitié grec avec quelque chose de Libye, fascinant le bleu clair de ses yeux et la peau claire. Les cheveux jaune foncé comme de la paille.

Ils ne parlaient pas, regardaient la mer et souriaient un peu en même temps. Au fond, sur l'horizon gris-bleu, une petite flotte de la marine dégageait de la fumée. Des navires élégants avec des superstructures étroites en mouvement rapide en direction du N-NO. Rapidement hors de vue, il était trop paresseux pour aller prendre ses jumelles Swarovski dans la voiture.

Un limoncello pas sucré fut offert par la maison. Wenger paya, le remercia pour le bon repas, marcha dans la direction de sa voiture, fit demi-tour, retourna dans la salle à manger. Il bût un autre verre de ce vin blanc amer local, puis une petite grappa jaune et légère avec l'aubergiste, et parti lentement.

Il se sentait mieux maintenant, ses dents et sa langue propres. Toujours fascinant ce que les véhicules à traction arrière ont comme grande puissance et petit rayon de braquage. Il descendit les larges serpentins à vitesse modérée, en seconde et laissa la voiture rouler. En haut l'air était acidulé, plus épicé et plus bas, plus doux avec une légère odeur de fleur d'oranger et d'algue sèche.

Il se gara à côté d'un mur de pierre à moitié en ruine qui penchait à droite vers la mer et se dirigea vers la plage, dans l'un de ces vieux bâtiments qu'il aimait ainsi que fouiller à l'intérieur. Ce qui trainait là-bas, des bassins, des bandes transporteuses, des ventilateurs

117

rotatifs, des pelles, des caisses en bois avec des boîtes de conserve ovales non scellées, il en prit une. Les serrures de porte et les garnitures latérales étaient huilées, tout comme les douilles remplies de graisse Stauffer. Les arbres d'entraînement des moteurs électriques montraient que quelqu'un était le technicien de la maison ici. Magnetti Marelli partout et pour toujours.

Alors quelque chose se passait encore ici ou était-ce le passe-temps d'un ancien employé, les courroies d'entraînement en cuir, cousues avec précision, brillaient comme neuves. À l'avant, un large portail à deux battants entr'ouverts avec une cale en bois. Devant lui, un large escalier conduisait à une passerelle semi-suspendue qui se poussait doucement de haut en bas dans la houle sur les anneaux du pilote. Au-dessus, côté maison, une ampoule dans une belle douille en verre laiteux qui fournissait de la lumière de jour comme de nuit. Wenger ne trouva pas d'interrupteur. Pour quoi, nostalgie, souvenir, un signal pour quelqu'un ?

Il aimait rester assis là jusqu'à ce qu'il fasse plus froid sur les poutres en bois blanchâtres couvertes de cicatrices, mais sans ardoise. Les pieds dans l'eau jusqu'à ce que les orteils soient flétris. Les chaussures plates en cuir à côté. Les semelles retirées pour sécher, un bruit constant dans le conduit auditif. De l'arrière, le sentiment qu'ici il y a, il y avait quelqu'un. De l'air chaud se collait contre votre corps depuis le sol.

L'ancien bureau administratif à l'intérieur, installé côté campagne, méticuleusement rangé. Un bureau entièrement équipé, il ne manquait que du papier. Des crayons aiguisés, alignés, de marque Fila avec Giotto Supermina. C'était marqué sur les quatre crayons de couleur à côté. Excellente qualité.

Aucune trace de poussière sur le sol, les vitres intactes et légèrement aveugles. Et pourtant, vers le soir, une lumière verdâtre des lampes de table brûlait ici, il ne pouvait pas trouver de minuterie, mais les prises de branchement si. Un miracle, un secret, un lieu de rencontre ou tout simplement le désir d'une personne de trouver un peu d'activité, de chaleur et de sécurité !

Au milieu de la pièce, un poêle en fer rond avec des plaques émaillées à l'extérieur, le tuyau du poêle traversait le plafond juste au-dessus. À côté un grand récipient en tôle rectangulaire avec une poignée, coupée en biais en haut, rempli de coke. Si vous vous approchiez, vous pensiez pouvoir encore ressentir la chaleur rayonnante. Derrière il n'y avait pratiquement pas de circulation, seulement un tracteur étroit rouge avec une partie arrière découpée d'un ancien camion de l'armée en guise de remorque rebondissait de temps en temps. Il ne savait pas d'où ils venaient et où ils allaient. Ils étaient juste là avec leurs chauffeurs, chapeau de paille sur la tête, une cigarette au coin de la bouche. Se balançant sur des sièges conducteurs ronds en tôle d'acier martelés, fixés au carter du différentiel par un large ressort. De puissants avant-bras brun foncé et des mains comme des griffes maintenaient le volant dans la bonne direction.

La mer s'enfuit à marée basse.

De retour à l'hôtel sur la rue Cristoforo Colombo, prendre une douche, se changer et plonger dans la vie nocturne. Buffo pas là, Custonazzi s'endormit doucement. Il prendra le bus vers le village en bas. Pour lui c'était en bas. Parce que la route d'accès descendait légèrement, même si elle remontait brièvement avant la petite ville et disparaissait ensuite.

Sa chambre était agréablement fraîche sans climatisation, tout allait bien à partir de onze heures, sauf pour la lumière directe du soleil et un ventilateur de plafond terne qui tournait doucement. Alors ce soir, tout est frais et repassé, des chaussettes aux chemises.

D'abord chez Eno pour boire quelque chose de bon avec un petit quelque chose à manger, il imagina un plateau de fromages piccolo avec des lanières de miel, puis chez Francesca pour un dîner léger, long si possible. Ne rien faire, manger, dormir, marcher et attendre une lettre, un télégramme, puis conduire au village de vacances abandonné, un mauvais investissement de plusieurs millions de dollars avec l'argent des impôts des ignorants, jusqu'à ce que quelqu'un vienne et commande un Américano.

L'établissement est verrouillé, abandonné, solitaire et désolé. Les couleurs amusantes se décollent. Demain, d'abord faire le plein de ce gros camion diesel disponible ici et partir en tournée.

Petit déjeuner à Tonnara di Bonagio, avec un expresso léger, pas 100% de fèves d'Arabica, avec ça une brioche et c'est tout. Se promener dans le quartier, aller à la poste vers onze heures, continuer vers Pizzolungo, attendre. Tout d'abord, saluer les carabiniers, leur position est cachée à côté de l'entrée du cimetière, à l'ombre d'immenses feuillus qu'il ne connaissait pas. Une Alfa bleu foncé car elle est à l'ombre. Des bandits modernes ? Plutôt pas. Envoyez des uniformes et l'avant-bras gauche sur la mitraillette. Pas des crâneurs. Ils le connaissaient, lui les connaissait un peu, ils burent un café avec un trait de Grappa ensemble, un verre de blanc froid avec des tramezzini frais. Discutèrent de voitures, de la saison et de ce qui allait encore arriver, si Beretta, FN ou Glock étaient en course pour fournir l'équipement. Beretta produisait loin dans le nord de l'Italie et cela était et est encore pour beaucoup ici comme à l'étranger. Wenger misa sur Beretta et il avait raison, ce qui lui valut quelques éloges. Il invita, quelque chose comme ça relevait du respect et non de la corruption.

Les pneumatiques étroits de marque Fulda étaient également souvent un problème pour sa voiture. Ici on conduisait avec des Pirelli 225 sur les Alfa, rien à redire.

Sa navigatrice est morte, elle a dû le quitter, disparue avec les buses, envolée vers le néant. Mon Dieu, elle lui manquait, le matin, le soir et la nuit. Vous étreindre vous-même vous rend encore plus abandonné.

Le voyage à Gênes était un beau souvenir et en même temps amer. Il aimait la ville, qui était toujours un peu fraîche et sombre pour lui, comme à Trieste, on pouvait vraiment se jeter dans le port depuis la ville haute. Mais Trieste a plus de charme et de chaleur, rien que les bains publics, la bourse et le restaurant Da Seppi. Une fois à Gênes, c'était amusant d'attendre avec les autres jusqu'à ce que le ferry de la ligne Garibaldi ouvre les grandes portes pour le voyage vers Palerme.

Le soleil vous réchauffait après la pluie persistante et l'ambiance était bonne. Cabine extérieure à deux lits avec occupation par une personne, que n'inventent-ils pas. Des taches noires, devant et dans les yeux, la circulation sanguine sur la ligne de flottaison. Une réunion fut organisée à l'Aeroporto Trapani Birgi. Plus précisément dans la partie fermée de l'ancien aéroport militaire de Livio Bassi, pas chez les voyous de l'OTAN en face.

Au quatrième étage de l'ancien centre de contrôle de vol, il y avait un grand salon de style familial avec une petite cuisine, une douche, des toilettes derrière et la climatisation.

Wenger y régla la climatisation à un maximum de cinq degrés au-dessous de la température extérieure, il n'en supportait pas plus.

La station Tamoil a fermé, il conduisit quelques centaines de mètres plus loin jusqu'à Antonioni, sa station-service IP, où le patron, directeur général, président, propriétaire était en même temps nettoyeur de vitres. Il y avait là des camions diesel de l'ancienne pompe à essence avec un robinet de grand diamètre qui s'insère dans l'ancien goulot de remplissage, de l'huile moteur à base minérale d'un baril de 30 litres, un bel acier peint en bleu et blanc. D'abord, il remplit un demi-litre avec le bidon d'huile moteur, presque un rituel comparé aux hideux bidons en plastique, puis trois autres litres dans un ancien jerrycan militaire de la Royal Air Force. Lieu de découverte – un aérodrome quelque part dans l'East Anglia.

Était-ce Gaydon ou plutôt Bentwater ? Il ne pouvait pas s'en souvenir. Il l'avait trouvé en août lors d'une tempête sèche, dans un vieux hangar en tôle ondulée, comme neuf. Des terres agricoles desséchées, tout rôti en brun. Non loin de là, la mer Baltique avait une mauvaise couleur. Des vagues comme couvertes d'huile et un air terne dérivaient en cercles. Les oiseaux volaient à basse altitude et faisaient de nombreux tourbillons. Les champs de blé brûlés, la terre oubliée.

Ce liquide de refroidissement, qui annonce fièrement « jusqu'à moins 40 degrés », rouge vénéneux, là il lui fallait aussi quelque chose.

La Sicile en hiver, on ne sait jamais. Ne pas remplir le radiateur complètement, le récipient a besoin de place pour se dilater. En plus du refroidisseur d'eau, ce moteur avait un énorme refroidisseur d'huile intégré vertical avec une pompe supplémentaire.

Il faisait agréablement frais le matin vers sept heures et il prit une baguette de plus. Pas exactement une baguette comme la française, mais plus marquée et un peu plus sombre. Ainsi qu'un petit pot en verre avec du miel noir, qui sentait fortement les herbes sauvages.

Les points noirs s'éloignèrent de l'œil gauche, pas vraiment mauvais à moins que ça commence à flasher. Il était étourdi. Il n'aimait pas cette lueur météorologique la nuit dernière et la brève tempête avec une pluie déchainée lui était également étrangère ici. En outre, le ciel et la zone étaient devenus jaunes. Lui, aussi superstitieux qu'un vieux marin, cherchait des chats noirs pendant le voyage. Il n'y en avait pas.

Il fit donc une pause à la périphérie d'une église isolée avec des marches raides jusqu'à l'entrée principale. A l'intérieur agréablement chaud et frais à la fois, ça sentait l'encens. Il enfonça quatre cierges sur un plan incliné dans le bac, jeta des pièces de monnaie, les alluma un peu maladroitement, les cierges, pas les pièces de monnaie. Il préférait ceux minces, brun clair. Dans la nef centrale, à l'arrière où commencent les rangées de bancs, se tenait une femme vêtue d'une robe d'été légère avec des fleurs rouges et des cheveux noirs attachés en queue de cheval. Elle lui fit un signe de la tête deux fois, une sainte à coup sûr.

Wenger était irrité et quand il redescendit le passage latéral vers la porte de sortie, son regard était fixé sur le sol. Il s'arrêta. Quelqu'un fouillait dans la sacristie devant à gauche de l'autel, les fenêtres aux couleurs sombres et riches et les chaises presque noires. Le sol est en marbre blanc comme neige, avec de fines lignes roses à l'intérieur, saignées, comme polies et sans odeur de moisi.

Il est resté silencieux pendant un moment, jusqu'à ce qu'il s'habitue à la semi-obscurité, et fasse un don devant la sainte image de la bienveillante Marie de Trapani.

La femme était partie, il ne l'avait pas remarqué. Directement attenante à l'église, une boutique avec un grand présentoir. L'intérieur aussi large que le compartiment moteur d'un navire de haute mer.

Il achète une petite machine à café à offrir, plus une casserole en acier inoxydable. Il trouva aussi un parapluie pour deux. Ce n'est pas simple ici, car il y a des parasols partout, mais des parapluies ?

À Pizzolungo, le vent soulevait la poussière dans l'air et sur votre visage. Il passa à Lee pour se protéger de nouvelles rafales. L'Italiano ne vint pas. Par conséquent, aucun Américano à commander. Contact téléphonique interdit. Il alla donc à la plage le long de la petite et courte promenade de long de la rive. Des bouteilles en plastique jouaient au ping-pong, et enfin un chat, un bel animal, blanc-roux et bien nourri.

La rangée de maisons le long, colorée et propre, personne à l'extérieur. Derrière, des terrains desséchés, des cordes à linge étirées et rien d'autre. Certains avaient des pièces construites devant avec une véranda sur le dessus et des poteaux en fer filigranes.

Des rues sans issue mènent à la ville, le silence, seulement de temps en temps le doux cliquetis d'un panneau d'affichage métallique d'une papeterie. Les cadres des fenêtres érodés et blanchis par le vent, le soleil et la mer. Vivre ici est super, vous avez besoin d'une femme de ménage qui garde l'endroit propre, lave, cuisine et vous fait la morale.

Les couleurs de la plupart des voitures étaient impitoyablement blanchies, la mauvaise laque de verre se décollait en lambeaux, les pneus gémissaient de leur sécheresse dans l'asphalte gras et collant, qui se transformait en béton à pores grossiers ou en gravier gris clair sur la berge. Beaucoup de choses se délitaient, c'est bien ainsi.

Si tu laisses un briquet bon marché sans valve trainer dans la voiture, le truc explose et la voiture brûle. Il est ainsi facile d'expliquer les véhicules brûlés sans interférence extérieure. Les appareils de navigation s'éteignent en raison de la surchauffe du pare-brise. Il l'utilisait à peine et quand cela devait être le cas, le sien était monté à côté de la buse de ventilation au milieu et la climatisation le maintenait en marche.

Il y avait encore trois fabricants de chocolat italiens, les autres absorbés par des entreprises multinationales. D'une manière ou d'une autre, tout était à l'abandon, il retourna acheter une douce tentation à la boulangerie et alla au café en face. S'il continuait à manger comme ça, cela le ferait bientôt exploser.

Attendre était à l'ordre du jour, donc traîner, lire le journal, regarder et prendre son temps avec tout. Là-bas un café au lait, de l'eau et manga le machin ensemble. Y compris les doigts pleins de crème tout comme la bouche qui l'entoure. Merveilleusement bon et sans calories, goût divin sur une base de gâteau mi-dure avec des petits morceaux croquant au milieu.

Entre, une crème grasse et marron clair avec un soupçon de citron à l'intérieur. En piquant avec la petite fourchette, le tout tomba sur le bord de l'assiette. Il en prit un deuxième. La vendeuse lui a rappelé la Suisse et le dicton – tous les meurtriers viennent de la vallée de l'Emmen.

Peau claire, cheveux noirs, grands yeux écarquillés, belle silhouette et des mains fines et délicates, drôles et polies. Une vieille femme se traînait derrière lui dans une robe de maison tachetée de bleu, les yeux gris-bleu et bien éveillée. Il s'écarta alors qu'elle passait sa commande et montrait ceci et cela avec ses doigts. En sortant, l'aimable dame regarda vers lui et esquissa un sourire sur son visage, plus tard Wenger aussi. Cela met de bonne humeur et procure de la joie.

Il devrait s'installer ici et ensuite il serait desséché dans la chambre par le soleil. Toutefois il avait besoin de quelque chose avec un bon poêle et des fenêtres étanches, en hiver il faisait un froid glacial avec des rafales. Il doit également y avoir un garage derrière la maison, sinon l'air salin rongera votre véhicule dans les deux ans, seuls les idiots laissent leur voiture près de la plage ou sur le quai.

Si les choses continuaient comme ça avec manger, traîner, il serait préférable de rechercher un logement permanent ici et tout de suite. Il n'y avait pas de maison portant l'inscription Commune di ..., ni d'hôtel de ville, comme dans tous les petits villages de France. Peu ou pas de gens, juste ce qu'il faut et la police vous connaît. Comme un fou qui veut mourir ici ou quelque chose comme ça. Il lui demandera s'il y a quelque chose à louer ici avec un poêle et un bâtiment de qualité. Bien sûr avec un balcon ou, mieux encore, une terrasse et une salle de douche avec une fenêtre extérieure.

Il devait obtenir un port d'arme italien. Il avait déjà un petit barilier à cinq coups, neuf millimètres, et des cartouches. Il était dans le coffre-fort de Buffo, ou dans le tiroir de son bureau s'il en avait besoin. Cependant, ici, vous avez besoin d'un fusil de chasse avec un canon court. C'est ce qu'il faut en Sicile. Ce stopgear était un produit italien, fabriqué au Brésil avec un numéro de série qui n'existe pas. Love you, kiss me, c'était l'identifiant, seulement ici c'était différent et plus mystérieux.

Ce qu'il lisait souvent sur des pancartes ici, en cas de brouillard 40, in caso di nubio ou autre … Cela n'avait rien à voir avec la casa rural.

Le vent en rafales secouait les buissons et les arbres entre eux, avant de s'effondrer ensemble. De minces voiles de nuages montèrent. Du foehn en et au-dessus de la Sicile, ce n'est pas possible ?

Wenger décida de rester ici plus longtemps. Une légère bruine arriva, immédiatement agréable. Un bon changement, l'Italiano vint avec deux à trois kilos de papier pour lui à lire et traiter de bout en bout, la rencontre de samedi soir, à Trapani ?

L'homme ressemblait à un comptable, le visage pâle et très hygiénique. Des lèvres étroites, la racine des cheveux teintée, pas de cheveux sur les oreilles, des mains manucurées. Un costume d'été fin et ajusté, une cravate gris clair un peu lâche. Mr. le Dottore en route vers un client. Contrairement à Wenger, il ne portait aucun bijou, les chaussures à semelles en cuir marron clair.

Maintenant, la pluie tombait en trombes, éclaircissant l'air. Il voulait se débarrasser de ses informations et de ses souhaits rapidement, Wenger écouta et parla peu. Attaque à la bombe atomique, les lumières s'éteignent, un vent de pluie puis un silence éternel lui sont venus à l'esprit.

Il ne se laissa pas payer et s'éloigna rapidement en traversant la place du marché. La pluie désormais fine semblait l'éviter. Il disparut dans une petite ruelle.

Aucune voiture en vue, il doit l'avoir garée plus loin.

Une fine mallette marron foncé avec des garnitures en laiton dans sa main droite, Wenger supposa un gaucher, et porta les dossiers à la Mercedes, tout dans le coffre. Là, il avait un carton attaché pour que rien ne se renverse pendant la conduite. Il aimait la voiture, le grand volant et un espace infini. Le lève-vitre, pas électrique, mais déjà quatre freins à disque fins.

Il partit rapidement, les essuie-glaces tremblèrent au démarrage, essayèrent d'enlever un mélange de poussière et de graines de fleurs avec beaucoup d'humidité. La zone commença à s'échauffer. Ça sentait la livèche.

À 90, il retira son pied de l'accélérateur et roula prudemment plus loin. Sur la route dans les ornières, des bulles de mousse blanche alignées comme des perles sur une chaîne. C'était devenu diaboliquement glissant après la forte pluie.

Presque pas de circulation, seuls les « broyeurs de sable et de gravier » sur le chemin, par lesquels il se laissa dépasser, fit de la place et ralentit.

Ils le remercièrent avec le clignotant droit et se sont enfuis. Iveco Tracker, nouveaux modèles avec semi-remorques en aluminium Zorzi, tout « Made in Italy », pneus Michelin, à suspension pneumatique. De temps en temps, un camion Astra entre les deux. Les véhicules sont tous blanc, sans logo d'entreprise. Aussi la BMW Série 5, vers laquelle il roula dans un parking ombragé où il y avait de l'eau potable.

Il se gara à distance respectable, sa bouteille en acier inoxydable à la main pour le rinçage et le remplissage. Il se lava le visage puis toute la tête avec le cou et laissa l'eau couler sur la paume des mains en direction des veines jusqu'à ce que ça fasse mal. C'est comme ça que tu te refroidis, il fit de même avec ses pieds.

Aucune trace du conducteur de l'autre voiture, Wenger passa à côté, verrouillé, les vitres fermées et à l'intérieur un autocollant de la société de location, un autocollant antivol et un numéro d'assurance en vert et blanc. Plaque d'immatriculation de Palerme, une voiture assez récente, une 528 i. Pas bon marché à louer ou bien camouflée.

Il partit lentement et garda un œil sur la zone, tu vieillis et voies des fantômes. Non, là il n'y avait rien.

Ses yeux brûlaient un peu et il sentit une légère contraction d'une veine dans sa cuisse droite, même s'il avait tellement couru. Exagéré – se promener tranquillement et s'asseoir entre les deux. Rester assis te tue, ça il en était sûr.

Mort dans l'amour ta puce, lui vint à l'esprit. C'est bien aussi. Il aimait les loirs et les buses. Excellent mélange. Les buses aiment et reconnaissent les blondes, là aussi il en était tout à fait sûr.

Il accéléra pour se mettre à plus grande distance, sinon quelqu'un peut bien se positionner, ça pète et tu es alors quelque part ou nulle part. Presque pas de vrais virages, ce qui était bien pour lui car il conduisait à près de 110. Il tourna dans l'esquive suivante, fenêtre baissée, les jumelles au niveau des yeux et attendre.

La BMW est apparue, les petits phares ronds bleus-blancs allumés par 36 degrés à l'ombre et sous un soleil de plomb.

Trop tard, mon « ami » pensa Wenger et pas une minute plus tard, elle le dépassa, effectivement un six cylindres.

Le barilier était dans le coffre-fort de l'hôtel, mais le 22 automatique dans la boîte à gants n'était plus là. Il ne pouvait pas et ne voulait pas cacher sa voiture d'un jaune strident. Pas de circulation pendant une bonne dizaine de minutes, seul un Seicento bleu pâle serpentait dans l'autre sens de circulation, immédiatement après deux patrouilleurs à moto comme à cheval. Ils ne se soucièrent pas de lui et s'éloignèrent rapidement. Wenger fit ses valises et rentra chez lui calmement et confortablement.

Où était-il réellement à la maison ? Dimitra à Plitra l'interrogea une fois à ce sujet, il dit qu'il ne le savait plus. Qui qu'ils soient, ils en savent beaucoup sur toi et tu en sais peu ou rien sur eux. C'est aussi bien, ainsi vous avez la tête libre pour d'autres choses, comme pour de l'espadon fraîchement pêché dans une sauce légère à la crème aigrelette, un soupçon de vinaigre avec des câpres et des tagliatelles.

TRAPANI, LA VILLE TIMIDE DE NUIT

Vers huit heures, Wenger descendit la rue Maria Angelo en direction de la mer. Dans l'air le parfum de l'abricot mélangé avec du pain frais. Il n'y a pas d'abricots ici, tout au plus des pêches. Quelques personnes rentrent chez elles et les petits commerces sont ouverts. Une grande variété de produits était proposée ici, des sculptures sur bois, en passant par des savons et des notes de parfum artisanales jusqu'aux tissus grossièrement tissés, blancs avec des rayures bleu pâle. Tous les quelques mètres, un salon de coiffure. Il se senti à l'aise, à l'abri et un peu amoureux. En quoi, en qui et pourquoi –il ne le savait pas et c'était un parfum d'abricot, pas de rose. Un homme médiéval de nulle part vers quelque part à la recherche d'un dîner. La maison numéro 79 était sa destination. Un bâtiment en brique gris-vert avec des grilles de fenêtres rongées par la rouille et une nouvelle porte d'entrée en bois massif, face à de lourdes garnitures en laiton, trois étages de haut et une terrasse sur le toit avec une vue en angle vers le bas. Mini œil de caméra à côté et une partie électronique plate pour la saisie des chiffres, y compris un verrou solidement encastré. Le code était 4711.

Il passa le premier, au coin légèrement à gauche, il avait encore 20 minutes devant lui. Trouva une table d'angle d'où il pouvait bien voir la porte d'entrée du numéro 79. Réserva la table pour 22 heures, commanda un petit triangle de pizza, de l'eau légèrement gazeuse et une simple grappa. Le morceau de pizza, pâte jaune à brun clair, fine et croquante, un délice. À côté un morceau de saucisse ovale épaisse comme un doigt, rouge clair avec des morceaux de bacon à l'intérieur.

Elle avait un goût diaboliquement pimenté, bon. Heureusement que la grappa n'était pas légère.

Le serveur à moitié jeune transpirait un peu trop, soit ivre la veille, soit suspendu à l'aiguille. Trop amical ou juste effrayé.

Le comptable est venu le premier, tapa son code, poussa la porte du pied gauche et trébucha avec ses deux mallettes vers l'intérieur. Immédiatement après, deux petits gros, à moitié chauves, qui ressemblaient à des jumeaux ou en tout cas à des frères, l'un ouvrit laissant passer l'autre en premier, était-ce de la politesse ou de la prudence ?

Pour finir, Cestina un peu osseuse dans une robe d'été vert clair mi longue, regardait constamment autour d'elle, pas nerveuse, cependant, elle dût entrer le code deux fois.

Wenger se leva, paya puis se dirigea vers la porte, appuya sur les touches avec une phalange, il était contre la dispersion de ses empreintes digitales. Un escalier large et agréable bordé de bois à gauche et à droite montait directement dans un joli petit appartement mansardé. Ensuite, passer la porte avec les rideaux de dentelle et sortir à l'air agréable et doux du soir.

La vue en haut, toujours à travers un plus petit groupe d'antennes TV dans une concurrence perdue avec les antennes paraboliques. On n'entend presque rien d'ici et la mer est noire et menaçante.

S'était-il avancé vers la ville ou était-il immobile ?

L'ambiance du soir belle à en mourir, tout simplement romantique. Les fauteuils en pacotille filigrane, la table bancale avec une surface fanée et des taches de peinture brûlée. Au centre, une carafe épaisse, bleu foncé et opaque, à côté de grands verres. Il y avait du jus de citron fait maison tout simplement merveilleux et rafraîchissant.

Il pensa à la chanson « deux petits Italiens » – seulement ils ne l'étaient pas, mais français, très corrects et courtois. Après 90 bonnes minutes, c'était entendu, Kadhafi sera tué par son propre peuple, cette révolution sera financée et planifiée à l'avance par les USA. Des millions « d'argent silencieux » ont déjà afflué et le sale boulot sera accompli par l'OTAN et d'autres États membres de l'UE.

Pour Wenger, il était clair et sans équivoque que cela ne fonctionnera pas et, comme toujours, si les Américains rêvent militairement de leur mouvement démocratique pour vendre leurs armes, conduire leurs entreprises vers des sources de matières premières, tout se terminera par de la misère et un appauvrissement économique. Cela a toujours été et continuera à être comme cela. La Russie est encore trop faible pour réagir, Berlusconi est un Guignol et Sarkozy veut avoir sa propre « armée de l'air » avec « Air Sarko One ». Si on lui offre un Airbus 330 comme carrosse présidentiel personnel.

Maintenant, il faut réussir à démocratiser les États arabes et à placer l'Iran dans le mauvais coin pour toujours.

Wenger fit remarquer que c'était la prochaine totale erreur de calcul, il y eu approbation, mais le comptable tint bon, tout avait été décidé et va commencer dans deux ans. Le tout sera payé par les Européens. Les Anglais font de toute façon partie de tous les gâchis, ils jouent au parlement sur la Tamise, seuls leurs commandos sont sur place. Les Allemands, stupides, agents d'exécution dévoués des USA.

Quiconque parle est abattu puis calomnié jusqu'à ce que ça passe.

Pourquoi la réunion n'a-t-elle pas eu lieu à l'aéroport, demanda Wenger, pour dire quelque chose. Parce que les Américains enregistrent tous ceux qui entrent dans le bâtiment de l'OTAN et les Italiens sont la troupe de théâtre ici. Wenger avait construit une maison de vacances de 3000 lits en Algérie lors de son entrée dans le business de la formation, et le nouveau mobilier était livré directement par une entreprise parisienne, adossée à des garanties bancaires suisses. Madame Karp était chargée des achats, son mari était le secrétaire poli.

L'Algérie survivra à tout cela, le Maroc aussi, avec quelques égratignures, mais pas la Tunisie et l'Égypte. Tout cela était également prévu et en préparation.

Si les nouveaux « démocrates » ne jouent pas le jeu, ils seront échangés jusqu'à ce que ça fonctionne. Les grands de l'UE soutiendront pleinement cette magie de la démocratie dans leur dérangement mental, idiots complaisants par la grâce de l'Amérique. Frapper du poing sur la table en public et lors des apparitions dans les médias et s'arracher après les réunions, se soûler, continuer à mentir et aller se coucher.

Wenger arriva le dernier et reparti après tous les autres. Cestina ne parla pas du tout et regarda autour d'elle avec un hochement de tête, avant de descendre précipitamment les escaliers jusqu'à ce que ses pas s'évanouissent dans la ruelle. Une femme intéressante et solitaire qui ne semblait être en contact avec personne. Il ne savait pas pourquoi elle était aux réunions, pourquoi et pour qui elle travaillait réellement.

Les deux petits Italiens ont maudit les Américains et le comptable a dit, c'est exactement comme ça qu'ils sont. Leur soi-disant président de la paix est un idiot qui méprise les gens, il est nocif, présomptueux et arrogant. Il ne veut pas briser le cou des Saoudiens directement, mais il veut le mettre en place. Seulement, il est noir et c'est à peine si les Saoudiens lui parlent encore, ils l'ignorent, il est en dessous de leur dignité, de la dignité de ces salafistes. Dans le monde arabe, le monde islamique, les Noirs sont au-mieux tolérés, voire pas du tout, ils arrivent juste après les Turcs, qui n'ont rien ou peu à dire. Tout tourne autour d'Iran / Irak – sunnites, chiites et il faudra des générations avant qu'ils ne soient trop fatigués pour faire la guerre.

C'est dommage pour Mme Albright, elle était encore elle-même, maintenant il n'y a plus que des marionnettes qui se promènent et qui accumulent trop d'heures de vol dans leurs Boeing 757.

Il faisait à peine plus frais quand il reprit possession de sa table dans le restaurant au coin. Seuls quelques autres étaient occupées, il y avait des Allemands et des Anglais.

Wenger n'avait pas été le dernier à quitter la maison.

La porte s'ouvrit lentement et une petite femme âgée en sortit. S'arrêta un instant, regarda à droite puis à gauche, s'éloigna rapidement, un grand sac à main fermement serré contre elle. Tituba de gauche et à droite, comme légèrement ivre. Anglaise, pensa-t-il, puis elle disparut dans l'obscurité aussi vite qu'une goutte d'eau dans la mer. Seulement, elle n'était pas du Royaume-Uni.

La lady avait de la classe, ou elle manquait d'argent, ou bien avarice de l'âge ou tout simplement un bon déguisement. Elle était minable, mal habillée. Elle revient, il mangea perdu dans ses pensées, eu un peu mal à la tête et au ventre à la fois. Il bût de l'eau tiède, non freddo, comme

135

on lui expliqua, ce qui lui fit du bien, puis un petit risotto aux fruits de mer. Un peu plus tard, des pâtes aux herbes aromatiques et un soupçon d'huile d'olive. Il avait envie de pâtes. En mangeant, il pensa au riz au lait saupoudré de cannelle, entouré d'une compote de pommes acidulées.

Elle était de retour à 23 h 17, l'ouvrit avec une clé et se fraya un chemin dans la maison sombre. Les cheveux gris-blanc, le visage aigri, mince et maintenant sans sac. Il ne pouvait pas s'en souvenir davantage. À moitié à gauche à l'arrière, un faisceau de lumière jaune oblique au troisième étage. Il sortit en tremblant, aussitôt après, il se sentit observé et devait avoir raison.

Il bût un verre de ce vin blanc fruité de trop, comme souvent ces derniers temps, et il y eu une grande grappa froide offerte par la maison. Maintenant, il était légèrement ivre.

Et cela avec des papiers ! Il paya, donna des pourboires et le patron fit l'encaissement. Un homme aimable d'environ 50 ans. Chemise blanche, pantalon sombre, fraîchement rasé.

Il n'y a presque plus de monde dans le coin et il descend vers le port. Et quoi qu'il arrive ensuite, il ne connaissait pas ce coin de Trapani. Avec trois autres ruelles, la sienne se terminait sur une place triangulaire qui menait directement à une jetée et derrière elle des bateaux qui tanguaient. Plus loin, des bacs transpiraient, à côté et devant eux des camions articulés avec et sans remorques. Le port, faiblement éclairé, une atmosphère un peu déprimante, les bars bien fréquentés, une bande sombre de nuages dans le ciel, le noir au loin.

Il s'appuya contre le mur d'une maison, sentit le plâtre grossier, le crépi rongé et fit une pause. Il décida de marcher le long de la jetée, au sud-ouest et retour, directement en ville.

Les fenêtres des nombreux petits magasins irradiaient leur chaleur sur le trottoir. Sa voiture était stationnée en face du poste de police avec vue sur l'hôtel de la ville. Il y arriva sans s'être trompé et avait à peine remarqué quoi que ce soit. Ici une sorte de paysage de fontaines, il y faisait plus frais qu'au bord de la mer et c'était agréablement calme.

Il alla dans un petit café. Il commanda un latte macchiato avec des croissants et de l'eau. Il trouva quelque chose de meilleur, des palets de chocolat carrés et minces, d'abord praliné, puis blanc au milieu, ce n'était pas du yaourt, du chocolat au lait avec des couches de noisette minces, enrobées de miel et plus encore. Il n'avait rien mangé d'aussi bon et d'indéfinissable en termes de goût depuis longtemps. En partie épicé à la fin, mais pas du gingembre. Malgré tout, il décida de ne pas remettre cela en question. Il fut rapidement servi par une personne immense avec une barbe mi longue qui avait des yeux verts amusants. Il prit ce qu'il avait commandé, sortit à l'une de ces longues tables, il n'avait pas envie de s'asseoir, il aimait se tenir debout, le café avec le doux clapotis de la fontaine.

L'administration municipale, un bâtiment cuboïde, haut de quatre étages et non construit tout autour, libre. À côté, la Policia Stradale un peu enclavée et derrière elle les carabiniers avec une imposante clôture en acier de quatre mètres de haut avec des panneaux indiquant tout ce qui est interdit ici et qu'il s'agit bien d'une zone militaire restreinte, pas éventuellement.

Les voitures de service clignotaient dans la pâle lueur de la nuit, joliment alignées. Des fenêtres individuelles, bien qu'obturées, saupoudraient des flèches lumineuses vers l'extérieur. Dans le mur de la maison, de l'eau ou quelque chose se précipita dans les tuyaux et gargouilla dans le réseau d'égouts. Une porte géante s'ouvrit doucement sur le côté et un Iveco massif en sortit presque silencieusement, suivi d'une limousine Alfa Romeo. Ils roulèrent lentement à travers le parvis et disparurent dans une rue transversale.

Puis le silence, un papillon de nuit passa en titubant et tourna au coin de la maison, il était parti.

Il avait presque oublié de payer, partait déjà. Il retourna alors à l'intérieur, reçu un ticket de caisse et alla aux toilettes. Le lavage des mains était à l'ordre du jour et uriner. Ce chocolat élégant était similaire en termes de croustillance à celui de Läderach à Zurich, mais au goût complètement différent, surtout après l'avoir avalé. Rafraîchissant et apaisant à la fois. Il avait oublié de verrouiller la voiture, la vitre gauche entrouverte avec maintenant une fine mallette éraflée sur le siège passager. Ou pas. Il y a des années, quelque chose comme ça lui aurait causé des sueurs froides, maintenant cela n'a pas d'importance, il avait développé un ressenti pour le danger et les situations inattendues. La peur lui était largement étrangère.

La ceinture de sécurité ne pouvait pas être tirée immédiatement, il fit un mouvement de va-et-vient jusqu'au déclic. Il laissa la mallette. Ne pas l'ouvrir, peut-être plus tard dans la chambre ou seulement au matin pendant le petit-déjeuner. Lâche !

En moins d'un quart d'heure, il se trouvait à la périphérie, puis se dirigea vers le nord-est, d'abord dans le paysage vallonné et plus tard le long de la chaîne de montagnes.

S'ils vous tirent dessus, ils tireront de l'avant.

Pas de circulation, ça sentait la résine et l'air frais. Super endroit et il fallut un certain temps avant qu'il se rende compte qu'il conduisait sans lumière. Tourna le commutateur rotatif de deux niveaux vers la droite et ne vit pas davantage avec la lumière. Il continua en troisième, piano et en douceur comme un automate vers Custonaci. L'itinéraire semblait plus long maintenant. C'était la pleine lune, une Lampretta se précipita et le dépassa avec une trajectoire habile, laissant derrière elle un panache d'essence et d'huile. Il se laissa retomber. Pas une Vespa, pas de Piaggio, c'était une Lambretta ! Ce que vous pouvez vous imaginer, et c'est parfois important, cela renforce votre confiance en vous. Tous les moteurs à deux temps, ces brûleurs d'huile devraient être interdits et ne plus être produits.

A l'hôtel, le fils junior était assis à la réception près d'une de ces lampes de bureau vertes des années 30, en train de lire un livre. Wenger récupéra la clé, il hocha la tête et continua à lire. Il retourna à la voiture et pris la mallette avec lui, verrouilla la Mercedes et regarda dans la rue vers le haut, il n'y avait rien.

Lorsqu'il arriva en haut à l'arrière, il s'assit sur le lit, retomba lentement et s'endormit immédiatement.

Le lendemain matin, sa chemise froissée comme une chenillette. La mallette dans sa main gauche, à sa droite sa chevalière, les clés de la voiture et son petit sac universel plat avec de l'argent, des papiers et les pilules de survie. Le cou lui faisait mal, mais sinon, il se sentait en forme et de bonne humeur.

De mi-mai à fin septembre, il faut aller dans l'intérieur des terres, en hauteur, loin des endroits en bord de mer ou en Calabre, s'immerger haut dans les montagnes. Ici beaucoup de visiteurs et tous se sentent légèrement hystériques et surexcités par leurs vacances à regarder sans cesse dans les téléphones. Même en nageant, il s'est retrouvé inlassablement seul.

Bien sûr avec je ne sais quel modèle, étanche, pour le prix d'un nouveau cyclomoteur Gilera. Le truc flotte même à la surface. Probablement équipé de dispositifs de repérage pour les opérations de recherche et de sauvetage en mer. Presque plus aucuns livres sur la plage, encore quelques-uns dans les cafés ombragés, des gens intelligents et calmes, principalement des femmes. De temps en temps, un vieux monsieur avec une canne.

L'idiotie de l'humanité s'accroît en vitesse et en étendue, la jeunesse, à part quelques élites, était là avec des habitudes alimentaires incroyablement stupides et des esbroufes vides de sens. Cela donna à Wenger un mal de tête et de légers accès de découragement. Il aspirait à des bibliothèques universitaires tranquilles, à des cabinets d'avocats sombres et à des quincailleries où le propriétaire assurait le service. On se douchait avec d'énormes quantités de substances huileuses qui allaient ensuite polluer la mer et prononçait indiciblement et constamment les mêmes paroles creuses. Un autre groupe de ces amateurs de plage marchait le long du rivage, constamment en conversations téléphoniques. Gesticulant follement, regardez à quel point je suis important. Après ces conversations marathon avec des amis réels et irréels à l'autre bout de la ligne, le crédit restant pour les minutes gratuites est vérifié immédiatement, sinon cela pourrait coûter cher. D'autres tels des fous ont martelé des textes dans ces appareils, souillés par des bactéries et des virus, ou les ont désespérément cherchés en transpirant dans de grands sacs à main. L'abrutissement à l'état pur.

Une panne de courant provoquée fait des merveilles, les mâts de transmission refroidissent. Après cela, ce genre de personnes court et devient assez ennuyeux à agressif. Batterie éteinte et chargeur oublié, très bien aussi. Tout s'emboîte comme une grosse cylindrée et par conséquent un logement exigu, semblable à une grosse voiture et pas d'argent pour de bons pneus.

La conversation au miroir terminée, les dents brillaient d'un blanc grec, à côté l'Olympe est bien pâle. Parfois, le matin, il devait d'abord s'orienter pour savoir où suis-je, qu'est-ce que je fais ici et pourquoi. Ces crises passaient rapidement. Il travailla simultanément sur jusqu'à trois ordinateurs, pas mieux que cette génération smartphones. Il prit délicatement Theodor Storm des Éditions Manesse – des histoires de maître et marcha avec audace et résolument dans la petite ville, qui était en fait un village avec un lien avec le marché. A mi-chemin, il eut le vertige, cela dura quelques secondes, il se ressaisit jusqu'à ce que, légèrement affaibli, il s'enfonce dans l'un des fauteuils en osier magnifiquement tissé, pas « Made in China » !

D'abord un Earl Grey préparé en deux minutes ou un thé à la camomille de Sognidoro? Il opta pour le Twinings d'Unilever, cela allait mieux avec le livre et commença avec « Mr. le Conseiller aux Finances » au milieu.

Parfois, son cœur s'emballait, mais pas pendant les longues soirées avec de nombreuses discussions, quelques verres de vin et peu de sommeil, après quoi il était très en forme. S'il vivait bien, comme on dit ou non, des problèmes petits et grands se posaient.

Il pouvait encore faire 1000 kilomètres et plus en une journée. Ensuite, il lui fallait juste un peu de magnésium et de Q10 et le moteur tournait bien.

Il conduisit volontiers en toute sécurité de huit heures du soir à deux heures du matin, puis au lit et vers sept heures une longue promenade matinale.

Les mauvaises personnes ne sont pas toujours comme ça parce que la peur les guide. On pouvait bien souvent lire cela chez Storm.

Retour à la vie ! Une femme blonde et amère plaça l'édition du jour du Neue Zürcher Zeitung sur le petit livre. Directement depuis le kiosque de l'aéroport de Genève, je viens de Palerme en taxi.

Un zeste d'Amarige de Givenchy l'effleura.

Bonjour vagabond ! J'ai besoin d'une chambre et de quelque chose à manger.

Ça avait presque fait tomber Wenger de la chaise en osier.

Comment sais-tu que je suis ici et là ?

J'ai passé quelques coups de téléphone puis j'ai décroché le jackpot avec Gino de la réception.

Je vais te commander quelque chose de bon, puis tu iras sûrement nager et je te regarderai, je marche sur la plage encore un peu plus plate et file à l'anglaise, s'il fait trop chaud pour moi, monter au cimetière, lire la suite.

Exactement comme ça, il reçut un léger coup sur la tête.

Elle dit « vas-y » Lois, il ne comprit pas cela, ni n'osa poser de questions à ce sujet.

Du pain mi blanc du boulanger fut servi, avec des flocons d'amande et de la confiture de figues mélangées avec des baies, et à côté, disons-le à la viennoise, un grand café brun odorant. Beurre jaune, coupé à la main, à côté sur une petite assiette en verre une portion de miel, que Wenger termina et commanda à nouveau.

Fromage à pâte mi-dure blanche comme neige, qui se traduit à peu près par « noir amer » enfin sa robe était magnifique et ce qu'il y avait à l'intérieur l'était encore plus. Elle portait une robe de plage gris-blanc de couleur claire, coupée juste en dessous du genou et rectangulaire au-dessus de la poitrine, jusqu'aux omoplates. Sandales en tissu avec semelles en cuir et petits pieds de souris. Wouaw.

Le reste vraiment blond et Wenger était parti.

Il continua sa lecture, la regardant furtivement. Elle mangea calmement et de manière pondérée.

Elle commanda une eau non réfrigérée. C'est ainsi qu'ils avaient appris à se connaître au fil de l'eau et non du réfrigérateur. Difficile à trouver dans le sud, semblable à la Grèce quand on a besoin d'un parapluie et qu'on vous présente un parasol.

Elle lui revenait le matin, le soir et la nuit. Le temps guérit toutes les blessures, encore un dicton qui ne s'applique pas à tout ni à tout le monde. Des femmes américaines immenses se traînaient paresseusement le long de la plage.

Il alla acheter une collation, quelle détente là-bas dans la boutique, un peu de file d'attente, puis on vous sert personnellement et on vous demande ce que vous voulez.

Il apporta à la plage un crudo avec de la mozzarella, une San Pelegrino dans une bouteille en verre et un demi pain blanc, plus quelques pêches lavées sous l'une des douches.

Elle travaillait maintenant en Suisse depuis plusieurs années chez RUAG dans le département des transports aéronautiques – service gestion des contrats.

Il y eut un doux baiser sur la joue droite pour ce qui avait été apporté et Wenger marcha, abandonné, en direction des petits hôtels, resta à l'ombre et remonta la route après les constructions sur la rive vers le cimetière. Son endroit préféré là-bas, un banc peint en bleu à côté de la tombe d'un Davide Baldini, maître boulanger et ancien chef des pompiers. Un visage bon enfant et rasé de près vous souriait. Sa femme lui a survécu pendant 14 ans, tous deux maintenant, réunis dans une double photo ci-dessous, elle avait l'air un peu sévère. Pas de dalle funéraire, à l'intérieur de la bordure blanche tout comme la floraison bleu clair, des fleurs délicates qui ressemblaient à des « myosotis », mais qui n'en étaient pas.

Il se consacra à Edgar Allen, bût de l'eau. Après une bonne demi-heure, vint Dieter haletant sur la pente légère, un cigare dans le coin gauche de sa bouche, une Virginie mutilée, une Bavaroise voûtée, les lunettes un peu décalées, il sentait bon de l'un de ces savons qui dégagent un parfum incroyablement agréable toute la journée.

Gémissant, il s'assit à côté de lui, Wenger entendit son cœur battre et il soupira légèrement à côté. Il bût l'eau avidement.

Pourquoi faisons-nous toutes ces conneries ?

Parce que d'autres ne le font pas, répondit Wenger. Silence, seulement de temps en temps une feuille ou une aiguille, tenue par une toile d'araignée, flottait lentement et délibérément vers le sol. Seulement ce n'étaient pas des toiles d'araignée, mais il pensa plutôt à un nectar de fleur extrêmement fin sous forme de fils. Dieter mis un magnétophone entre eux sur un étai du banc et ils écoutèrent les informations pendant un long moment. Il n'y avait pratiquement pas d'instructions, plutôt beaucoup d'incertitude sur la façon dont on devrait réagir, et surtout s'il le fallait. Elles pouvaient provenir de l'un de ces politiciens de jour et de nuit, qui se baignent dans l'après-rasage tôt le matin et mettent de la crème antirides de leur petite amie sur le visage, puis appellent leur femme et leur racontent des mensonges enfantins comme si de rien n'était.

Il avait oublié la mallette, ne l'avait même pas ouverte, mais ne disait rien.

Dieter dit à Wenger, je préfère que tu restes ici, que tu restes en contact et je m'envolerai d'abord pour Alexandrie, puis pour Benghazi.

Eh bien, comme aucun de nous ne peut lire les panneaux de signalisation dans ces zones et que les conducteurs sont de mauvais garçons, voler est plus sûr et rapide. Wenger reçut une liste misérablement longue de marchandises à vérifier qui devaient être expédiées d'ici en Libye, en Tunisie et en Égypte.

Vérifie ceci s'il te plait, supprime et ajoute si nécessaire. Le tout est ensuite retourné au centre des opérations au Danemark.

Tu seras averti lorsque les premières voitures arriveront ici. Tout sera acheté et chargé en Italie. Seul le système d'aspiration des toilettes vient d'Angleterre. Fratinelli et Fils t'apporte tout. Voici ta confirmation de compétence. Il y a 30.000 sur le compte local de la Banca Agricola pour les dépenses, ta carte de retrait et ici 3.000 espèces, on ne sait jamais. Nowhere, anywhere, somewhere – c'est exactement comme ça que l'on conduit le monde et notre culture dans le mur, et comment Alois. Wenger ne dit rien de plus, tout avait déjà été dit. Dieter disparu comme une ombre, comme la fumée d'un cigare dissoute dans le brouillard. Un homme solitaire qui avait de plus en plus de mal à se maintenir en forme et tout garder en bon ordre.

Il n'entendit aucun bruit de voiture, rien. Une demi-heure plus tard, un petit hélicoptère à turbine prit de l'altitude et s'envola juste au-dessus des sommets des contreforts montagneux. Du moins très près, certainement à 100 mètres du sol. C'était un Breda Nardi Hughes 500C bleu-orange de la Guardia di Finanza. Ça il pouvait bien le voir. Dieter sans avion, inimaginable. L'appareil était arrivé hier et Dieter avait d'abord enquêté sur la situation et passé ses appels téléphoniques permanents via un téléphone satellite. Un commandant a droit à beaucoup, il demande, l'obtient et ensuite s'il dit merci aux équipages et ne laisse pas tomber le chef, distribue de temps en temps de l'argent pour les dépenses sans justificatifs, vu qu'il n'est pas possible pour tout et tout le monde d'obtenir un reçu, ils t'adoraient.

Après cela et avant l'arrivée, laisser brouiller tous les téléphones portables et se trainer vers le cimetière à pied. Il n'allait pas bien. Un vieux truc d'Ispahan. Sa femme, morte, brûlée et les enfants quelque part. La ferme en Basse-Autriche est orpheline. Quitter le petit appartement de Fischamend, oublier le refuge de Tiefbrunnau de l'époque de la guerre froide. Là-bas il y a encore deux jeeps dans la grange à foin et d'autres choses. Des petits bunkers d'explosifs avec des armes sous divers ponts, des canons de chars intégrés dans des systèmes de bunker filigrane et d'énormes stations d'écoute sur les collines de la région. Il n'est donc pas surprenant que de nombreux Tchèques et Allemands de l'Est se soient soudainement rendus dans ce joli paysage en vacances.

Quand cet homme dormait-il, il lui sembla que rarement ou jamais. Wenger s'allongea sur le banc, glissa son mince pull coupe-vent sous la nuque et s'endormit sur place. Le tâtonnement d'une canne le réveilla, il se redressa avec difficulté, saisissant l'accoudoir de la main droite. Une femme délicate, mince et aux cheveux blancs marchait sur le chemin, pas dans sa direction, mais vers les grandes cryptes couvertes et ombragées, qui sont en fait de petites églises. Quand elle arriva là-bas, Wenger était dispo, il replia la liste dans sa poche avant gauche et marcha lentement et silencieusement vers la sortie.

Silence, rien que silence, le vent mourut, les oiseaux s'endormirent et même les lézards s'arrêtèrent pieusement immobiles.

Il estima qu'il était environ quatre heures, il faisait incroyablement chaud. Sur le parking un coupé Maserati gris-bleu. Le capot est chaud, les jantes vraiment brûlantes. Deux vélos, mis côte à côte, s'appuyaient contre la rampe à côté de l'escalier.

Il s'arrêta près du mur, s'y adossa et ferma les yeux. Se sentait-il fatigué, les piles à plat et incertain ? Il n'y avait personne ici, il avança en vacillant à travers la deuxième porte vers l'intérieur avec le soleil dans le dos. Là où il y a longtemps il y avait des lampadaires qui sont maintenant déplacés de l'autre côté de la rue, il s'y traina, fit un grand demi-cercle, et attendit.

Après une bonne dizaine de minutes, la Maserati fila devant lui en direction de la ville haute, où se tient un marché hebdomadaire le vendredi. Monta dans les tours et disparu. À l'intérieur un jeune homme sombre et cette femme un peu âgée et tremblante du cimetière étaient assis. Aucun d'eux ne l'avaient vu, pas remarqué.

Il monta dans un taxi devant la poste et se laissa débarquer un peu après l'hôtel, et descendit à la Farmacia. Il prit des gouttes pour les yeux, l'employée perdait ses cheveux, aucun autre client à l'intérieur, puis il retourna sur quelques mètres jusqu'à son hôtel.

Nicole était sûrement déjà là, il alla au bar, commanda un cappuccino, avec lequel il reçu des biscuits aux amandes, secs et friables. Il préférait les biscuits suédois aux canneberges. Il avait laissé sa soif et sa bouteille d'eau au cimetière. Elle descendit les escaliers sans se retourner, il le savait.

Se serra à côté de lui et dit :

Commande-moi quelque chose, prends une douche, aujourd'hui c'est moi qui t'emmène.

Il commanda un bon vermouth sans glace avec des quartiers de citron vert à l'intérieur et une eau plate avec quelques biscuits salés que la grand-mère préparait, ainsi que ses « « boules de neige » incroyablement bonnes.

Nicole tu es un ange.

Il paya un autre acompte de 800 euros à la réception, c'était la coutume ici avec les résidents permanents.

Elle de retour, eh bien, eh bien, un peu froissée. Alors rafraîchis-toi, tu es beau quand même !

De retour au bar de jour, il rencontra Direttore Buffo avec Nicole bavardant en Italien.

Bonjour Mr. Alois, vous devriez lire ce qu'il y a dans votre mallette, n'est-ce pas ?

Bien sûr Dottore !

Il leur servit un prosecco froid d'une bouteille encore fermée et Wenger ne pouvait pas se lasser de regarder Nicole. Marcello Buffo l'avait lu et l'avait trouvé important, ils s'aimaient bien tous les deux avec un peu de distance.

Je commande un taxi pour vous deux, mon couple de rêve, et aujourd'hui vous êtes mes invités.

Wenger un peu surpris, Nicole leur sourit et leur porta un toast à tous les deux, lançant des rayons d'éclairs de ses yeux.

Une Fiat 124 Sport bleu foncé bien conservée avec de belles fenêtres hautes les amena à Santa Rosa. Une auberge peu connue à proximité de la montagne, près de la réserve naturelle. Il en avait entendu parler mais n'y était jamais allé. Nicole était assise à l'avant et il était à l'arrière, elle était facilement malade en voiture.

Le chauffeur, une madame aimable qui ne parlait pas, ce qu'il appréciait. Il se laissa arrêter au deuxième panneau, voulu payer, mais ce n'était pas possible. Alors il donna un pourboire, obtint une carte de visite sans un mot, puis échangèrent finalement quelques mots, je serai là une demi-heure après votre appel.

De gauche à droite des buissons à hauteur d'homme, derrière eux des pins, des rochers déchiquetés brillants, le sol jonché de petites billes de sable grossières.

Ils marchaient tranquillement, au milieu du chemin, se tenant la main et étaient aussi heureux que deux jeunes sortants de l'école. Il faisait agréablement frais, Wenger avait deux pulls et un coupe-vent avec lui, il en mit un autour d'elle, maintenant ils marchaient très près l'un de l'autre. Nicole lui parla de la France, de son travail et qu'elle était maintenant beaucoup sur le terrain. Il n'y aurait pas de congés d'entreprise cette année, car les carnets de commandes sont bien remplis dans la production civile de petits turbopropulseurs et les révisions. La production d'avions mise à l'arrêt serait reprise à l'avenir.

Quand viens-tu me rendre visite, j'ai un petit appartement coquet près des chutes du Rhin pour les week-ends
et les jours fériés. Imagine, avec un garage, une cave et
un parking visiteurs.

Wenger ne dit rien, il voulait juste qu'elle continue
comme ça à parler sans fin.

Là-bas au loin, on pouvait voir quelque chose cligno-
ter sur la mer, une petite odeur de fumée dans l'air, puis
après un virage serré à gauche, une petite maison étroite.
Surprise pour lui – tout est construit en bois avec des
troncs épais et un toit en bardeaux. Des fenêtres rectangulaires, cela brillait de différentes couleurs vers l'extérieur, du jaune au rouge. La porte d'entrée était ouverte
et à l'intérieur un petit feu crépitait au milieu sous une
cheminée à foyer ouvert. La pièce est ouverte jusqu'au
toit. Une bougie scintillait anxieusement sur la table de
gauche, face à la mer. Ils s'assirent et attendirent.

Un petit bonhomme entra avec une balançoire en bois
tenue à deux mains et l'inonda d'un torrent de mots.
Nicole fit la conversation.

On prend du vin blanc ?

Oui, s'il te plaît, je ne peux pas bien dormir après un
prosecco. Ce n'est que maintenant que Wenger vit qu'ils
n'étaient pas seuls dans la pièce : devant l'entrée de la
cuisine, un homme de grande taille était assis devant un
verre de bière et lisait un livre, à côté de lui se trouvait
une petite canne.

Nicole commanda pour eux deux puis ils se blottirent
ensemble et regardèrent par la fenêtre où l'on pouvait voir
un beau scintillement sur la mer. Du bois fut ajouté et
comme entrée, il y avait une soupe de légumes claire dans
de petits bols plats. Un panier avec du pain de campagne

tranché arriva sur la table, à côté du vin blanc maison dans une carafe d'un demi-litre.

Quand parts-tu à la retraite ?

Peut-être jamais, chez nous, on est mis sur la touche ou échangé.

Vers la Libye ? Pas pour le moment, Dieter y est et je viendrai certainement après pour l'exposition universelle.

M'aimes-tu ?

Oui et comment !

M'aimes-tu encore ?

Nicole, c'est la mauvaise question.

Combien de temps ?

Simplement pour toujours et dans l'autre vie aussi. Point final.

Elle rayonnait vers lui avec des yeux étincelants, les cheveux ondulés sur son front.

Une sorte de viande rôtie puis cuite à l'étuvée fut servie, avec de fines tranches d'oignon dans une sauce aux herbes foncées presque noire. Plus au milieu un bol de riz cuit à la vapeur avec quelques clous de girofle dessus. Pas de salade, agréable.

L'homme étrange et silencieux sortit dans la nuit maintenant obscure avec un signe de tête.

Nicole mangeait et comment, Wenger aussi, mais bût davantage. La cuisinière s'occupa du service et le propriétaire apporta les boissons. Elle un peu dodue avec un tablier blanc étincelant, lui émacié et maigre.

Une fois que nous serons plus vieux Lois, que ferons-nous ? Nous déménageons dans le Devon, prenons une petite maison près de Barnstaple, et allons souvent dans les sables d'Ifracombe et de Wholacombe, au nord-ouest. Puis descendons à Polpero écouter les chanteurs d'opéra, et plus tard de la vraie musique au Masons Arms à Knowstone. Ensuite vers Ready Money pour regarder vers la mer. Juste toi et moi, danser, rire, boire. Tu peins, j'écris mes rapports. Sinon je te gâte et une fois par an on va à Jacinta choisir un joli bijou pour ma chérie.

Eh bien, j'accepte l'offre et n'oublie pas les circuits terrestres à travers l'Espagne. Lois, tu es devenu silencieux ces derniers temps, avant tu parlais avec la moitié de l'auberge.

Il ne dit rien et embrassa le bout de son nez, mordit légèrement dedans, ce qu'elle repoussa brusquement.

Il ne sût jamais à cet instant si c'était consciemment ou de la comédie. Ça me chatouille à mourir et tu le sais.

Wenger rit et elle cligna des yeux, bien, encore pardonné mais ça suffit.

Deux grandes tasses de thé fumant qui sentaient le thym sauvage furent servies avec de grandes tranches de gâteau jaunes remplies de crème à la vanille, en-dessous les petits points noirs des gousses de vanille. Puis un café léger dans de petites tasses hautes. Pour lui, c'était un café de cantine de l'époque militaire, au goût un peu amer et praliné. Ce qu'il apprécia beaucoup. Ça vous réchauffait de l'intérieur et vous donnait la paix pour la nuit.

Nicole, crois-tu que nous pouvons rester ici pour la nuit ?

Je demande, la réponse est venue immédiatement – bien sûr, nous avons deux chambres simples ici.

Super, on va rester là, pouvez-vous reprogrammer le taxi pour demain aux environs dix heures ?

Avec plaisir.

Wenger demanda par courtoisie – il conto per favore, et il connaissait la réponse. Alors il donna un bon pourboire.

Regarde, il y a un petit oiseau gris assis sur le rebord de la fenêtre. Je pensais qu'ils dorment la nuit ?

Pas tous, Nicole, comme nous deux, aussi des oiseaux un peu bizarres.

C'est un hibou qui nous garde, la maison et tout le monde.

Wenger avait froid dans le dos, ses poils sur les avant-bras se redressaient.

Ils sortirent avec le dessert, s'assirent sur le banc de la maison. Il faisait vraiment noir, on pouvait entendre le propriétaire parler à la radio et en haut les étoiles scintillaient dans une lumière froide. L'air, sec. C'est génial quand il est tard le soir. Nicole admira la pièce, revint avec du chocolat chaud.

Je dois prendre quelque chose de sucré, sinon je ne pourrai pas m'endormir.

Imagine-toi, nous avons reçu une brosse à dents, du savon, une crème à base de graisse de blaireau et d'eau. La douche et le lavabo du matin sont dans le coin. Sommes-nous arrivés, est-ce le paradis ?

Tu sais, Alois, en fait je n'aime plus beaucoup travailler, me précipiter et regarder des visages désapprobateurs. Je t'aime bien, tu es tranquille et toujours là pour les autres, même si on n'a pas besoin de toi tout de suite.

Nicole pleura un peu.

J'ai peur de mourir, pas de la mort.

Tu sais, belle jeune fille, tu joues aux cartes avec elle et tu obtiens un sursis.

Elle frissonna et Wenger tressaillit dans le dos.

Par la fenêtre entrouverte, il entendit le tic-tac silencieux et précis d'une horloge murale. Le temps presse. J'ai besoin de ta chemise pour dormir sinon je ne peux pas et tu dors nu depuis que je t'ai rencontré.

Il faisait plus froid, ils retournèrent dans la salle à manger, dépassèrent le déambulateur et montèrent les escaliers latéraux. La chambre avait un balcon étroit et la vue surplombait la vallée découpée jusqu'au coteau opposé.

Tu me réchauffes ?

Oui.

La nuit fut courte et Wenger fut bientôt réveillé, il laissa Nicole dormir.

Pour le petit déjeuner, il y avait un thé à la camomille fort, avec du pain grillé et du miel. Ils parcoururent la route en direction de la vallée vers le taxi. Cela ne lui avait pas été aussi facile et agréable depuis longtemps.

Je dois me laver les cheveux et cela prend du temps avec ma chevelure.

Bien avant ça, j'ai encore besoin d'un café avec quelque chose pour l'accompagner.

Ils conduisirent les fenêtres entrouvertes et il arrêta le taxi juste avant la plage des touristes et allèrent à pied dans la localité.

Avec le café, il y avait un palet aux prunes, des morceaux de pâte finement sphériques saupoudrés de sucre glace et pour Nicole un biscuit roulé, fourré d'une légère crème à la fraise, saupoudré d'éclats d'amande verte. La mer et la région étaient passées à une météo de carte postale.

Nous longeons la rive jusqu'à l'hôtel. Cela fait cinq bons kilomètres, donc nous achetons des chapeaux de paille avec une forme élégante, comme ceux portés par les Espagnols, et tu prends aussi un chapeau d'homme. Ils te vont mieux, tu as bien une tête à chapeau.

Ils prirent une taille 58 et une taille 56 pour sa tête bouclée avec une bande étroite et une forme triangulaire.

Maintenant, nous ressemblons à deux vagabonds farouches au travail qui errent dans la région.

C'est exactement ça, Nicole, et il acheta une bouteille d'eau et des sablés dans la vitrine de la boulangerie de l'autre côté de la rue.

Ils allèrent main gauche dans la main droite et c'était agréable. La mer les observait, les rochers déchirés encore froids et couverts d'un peu de rosée.

Après avoir quitté la localité, passer devant un bureau de traduction, descendre à droite sur le petit chemin au bord de la rive, à un bon demi-kilomètre de la route principale, à l'ombre matinale des petites maisons et des villas. De temps en temps, un grand platane déchiré et poli par le vent et le sel. Après une bonne demi-heure, ils enlevèrent leurs chaussures et allèrent

à l'intérieur d'une petite baie dans la mer peu profonde, où le soleil renvoyait des éclairs lumineux dans l'eau. Le vent battait en rafales, ce qui faisait du bien. Ils firent une pause à l'extrémité d'un petit stand fait de hauts roseaux, burent un Orangina Original à la bouteille puis se rincèrent la bouche avec de l'eau. Sur l'étiquette – une teneur en fruits d'au moins 22%, sans colorant ni additifs. Ça avait le même goût qu'avant et ils continuèrent à trotter.

Maintenant, la petite localité voisine apparut et ils se disputèrent un peu sur laquelle des quatre voies d'accès qui perçaient en ligne droite à partir de la rive, ils devaient emprunter. Wenger paria deux grappas matinales sur le numéro trois et que la station-service Tamoil serait là sur la droite.

Nicole dit que non, parce qu'on ne pouvait même pas voir un panneau.

Wenger gagna, et Nicole fit don, comme elle l'appelait maintenant, de deux grappas de stations-service et reçu un porte-clés en tissu avec l'inscription « finale grande ». Il l'adorait à la croquer.

Maintenant, il était question des réserves d'eau de son logement, mais l'hygiène est un must. Wenger ramassa le linge sale des deux, le sac en lin gris clair était plein. Il le donna à nettoyer en bas avec la consigne de repasser doucement et si possible de rincer longtemps.

Nicole s'assit sur le sol de la véranda, dos au soleil et laissa ses cheveux sécher. Wenger fit une photo pour l'éternité. Elle était complètement absorbée par la lecture et ne remarqua rien.

Ma puce, je suis assis au bar, j'ai quelque chose à lire. Eh bien, ne perds pas ton regard sur une jolie Sicilienne, elles sont toutes belles et dangereuses.

C'était un épais paquet de pages A4, écrit serré, qu'il avait sorti de la mallette. Il va le ramener, le sac, et y mettre quelque chose de sympa à l'intérieur, il pensa à des savons aux herbes parfumés, deux pièces. Un pour laver, l'autre pour la garde-robe. Ce qu'il lisait était un plan étape par étape sur la façon de déclencher la Troisième Guerre mondiale dans le monde. Simple et terrible à la fois.

42 pages de calamités et les responsables connus, y compris l'obligation d'utiliser de la monnaie plastique et un registre d'enregistrement international avec transmission en temps réel.

Il en fit la copie en près de 20 exemplaires et commença à remplir des enveloppes pour les éditeurs et les journaux, qui selon lui, publieraient quelque chose comme ça, au moins en partie ou comme une édition du week-end en supplément, non pas un roman, mais un rapport factuel.

L'entreprise médiatique concernée devrait alors étendre son service juridique.

Le bureau de Buffo avait des réserves presque inépuisables et ils purent ainsi avancer rapidement. Nicole avec un zèle sauvage lors de l'ensachage, de l'étiquetage des enveloppes et grâce à la malle de service de Wenger, ils réalisèrent un beau tampon d'entreprise :

U.A.C., s.p.a. via Barontini 39 – 42, 40138 Bologne. Nous les posterons à différents endroits et à des moments différents. Aujourd'hui, nous en apportons trois à San Vito. Nous ne sommes pas enregistrés ici et quand bien même, tout et chacun sera découvert, et-bien oui, rapidement.

Nicole l'avait brièvement survolé et elle était figée.

Si c'est juste un peu vrai, Lois, cela détruira l'avenir de plusieurs générations.

Mais c'est comme ça, mon petit diable, ils iront jusqu'au bout, tout au plus avec un peu de retard. Nous savons maintenant qui « ils » sont. Beaucoup d'hommes vieux, diaboliques et obsédés par le pouvoir avec des dommages irréversibles au cerveau.

Un nouveau club de grandes puissances invincibles était en train de se former avec des ressources en matières premières, personnel de mise en œuvre compris, néanmoins en se développant en direction de robots de combat et transformant les exécutants en hommes bunkérisés. Le dollar n'étant qu'une monnaie fictive depuis 40 bonnes années, un tel plan peut facilement être mis en œuvre par l'intermédiaire de la banque centrale. Tous dominent les États-Unis avec quelques marionnettes pour les chaînes d'information afin de calmer le reste de la population rendu idiot.

Nicole lut le rapport tout comme un professeur de lycée au lit, son mince drap tiré vers le haut. À côté, dans une cruche d'argile, une tisane froide, non sucrée.

En attendant Wenger se rendit au bureau de poste, agréable, la station touristique était ouverte à partir de 17h00. Il déposa quatre enveloppes, il s'en envoya une à Molai, où il avait une boîte postale. 16 euros, envoi en lettre simple, lui dit le fonctionnaire, la distribution prendra jusqu'à deux semaines.

Wenger lui dit, ce sont des manuscrits pour les éditions d'automne, on a le temps et nous économisons de l'argent.

Il reçut une longue facture imprimée, acheta quelques timbres en réserve et de fines enveloppes pliantes, deux cartons postaux standardisés pour un envoi au sein de l'UE et des étiquettes d'expédition, pour lesquelles il dût allonger 17,90.

Il alla à l'Agri Banca de l'autre côté de la rue et retira 390 euros sur son compte au guichet. Il était ravi des rentrées, ce qui permit également à l'employé de banque de sourire un peu. Ces 5.900 faisaient vraiment du bien. Avoir un compte bancaire en Italie n'est pas vraiment facile, mieux vaut encore en avoir un en Suisse. Seulement vous ne pouvez pas tout avoir, mais dans ce cas, si.

Nicole lui dit quand il revint : pourquoi n'avons-nous écrit à aucune chaîne de télévision ?

Ma chère, ils ne passeront pas ça, les rédacteurs en chef suppriment et empêchent presque tout. À moins que cela ne serve pour leur promotion, mais au préalable, tout est transmis aux politiciens, aux autorités et aux grandes entreprises, pour lesquels il y a une grosse enveloppe d'argent. Cela disparaît, est réécrit et rapporté différemment. Aller, allons à Trapani, comme je l'ai appris, cela prend jusqu'à deux semaines si on paie l'option la moins chère. Aujourd'hui, j'irai avec un pantalon et emporterai mon pull en mohair gris et blanc avec moi. Je l'aime bien.

Bien, monsieur le chauffeur, aérez la voiture et laissez le moteur se réchauffer. Madame achètera quelque chose de coloré et tu prendras des chemises, la plupart des tiennes sont usées au col ou tu te balades avec des chemises découpées. Honte à toi. J'ai peur, Lois.

Qui a écrit ceci et comment l'as-tu obtenu ?

Je te raconte tout pendant le dîner, après le shopping car c'est bien la période des Saldi. Mon Dieu, espérons qu'il n'y en aura pas trop en route.

Tu ne vas pas te stresser, sinon je t'enchaînerai quelque part. Wenger abandonna rapidement, elle faisait du shopping et c'est tout. D'abord, ils se rendirent à Valderice, ou plus exactement Nicole poussait la Mercedes à travers les courbes, lucarne de toit ouvertes, cheveux étalés dans le vent, des lunettes de soleil et des gants de pilote de course en cuir doublés de tissu complétant le tableau. Le bracelet en or torsadé scintillait au soleil du soir. À la radio « Ti amo » fut joué opportunément, suivi d'Adriano Celentano avec ses chansons rock, entre les deux Ricci et Poveri ainsi que Gianna Nanini avec « America ». Wenger eu la chair de poule et s'accrocha à cette poignée en haut à droite.

Je ne roule pas du tout vite, imagine que c'est Ascari qui est assis ici.

Wenger n'y pensa même pas, à peine Nicole était-elle déchaînée, qu'il avait la chair de poule.

Elle trouva la Poste italiane tout de suite, laissa ses gants flotter à travers la fenêtre entrouverte sur le siège, tu vas poster le courrier, je vais prendre un verre et ça ne nous a pas même pris 32 minutes.

Et la température de l'eau n'était pas de 110 degrés cette fois, bien que je suppose que tu aies manipulé l'affichage.

Zoum, elle était partie.

Wenger en avait tout de suite fini et les frais de port étaient nettement moins chers ici. Les bureaux de poste étaient donc en concurrence constante, il économisa 3,10 Euros, alors que la poste est détenue à 80% par l'État italien. Le fonctionnaire pose ici une enveloppe sur une jauge étalon en bois subdivisée et ce devait être jusqu'au format A4 et pas épais ou quelque chose comme ça, expliqua-t-il.

Nicole avait l'air terriblement belle et tout simplement heureuse, maintenant tu vas en bas vers Trapani, de l'autre côté.

Ils mangèrent une petite portion de mozzarella de bufflonne, saupoudrée de thym et de quelque chose de piquant, en-dessous une huile d'olive vert clair, accompagné d'un demi-rouleau de pain blanc. À côté, une cruche de vin rouge vif et pétillant. À la fin, Wenger lécha le reste de l'huile de l'assiette, ce qui lui valut une tape.

Mais d'une manière ou d'une autre, il devait maintenir un faible taux d'alcoolémie ainsi que du souffle.

Tu ne fumes plus, n'est-ce pas ?

Non, c'est mieux comme ça, et quand tu as bu un ou deux verres, tu es beaucoup plus gentil.

De nouvelles conclusions en début de soirée pour Wenger.

Je ferai le deuxième envoi dans trois jours à compter d'aujourd'hui.

Wenger n'aimait pas s'asseoir dos à la rue, comme il le faisait ici sur la place du marché, il se sentait observé. Nicole trouva dans la boutique à côté de l'osteria une sorte de T-shirt dans un ton bleu pastel, qui couvrait Presque jusqu'aux cuisses. Ma nouvelle robe de nuit, en pur coton d'Égypte, comment s'appelle celle avec les fibres les plus longues, peignées et fabriquées ici, pas dans l'arrière-pays du Laos ou autre.

Ça je le crois tout de suite, car vu le prix, c'est probablement tissé dans la banlieue de Milan. Nicole heureuse, le mis dans le sac du magasin, ressortit, réflexions, discussions et qu'est-ce que tu en dis ?

Tu me plais davantage moins habillée.

Tu es terrible, et elle éclata de rire.

Wenger roula dans la rue en direction de Trapani, Nicole commença lentement à s'endormir.

Entre deux, dis-donc, ça ne te dérange pas n'est-ce pas ?

Non ma puce, tu sais que je ne suis pas fatigué après avoir mangé.

Puis elle s'endormie.

Agréable à regarder, surtout de côté, pensa-t-il. Cette image ne le quitterait plus, à l'époque il ne le savait pas encore.

Il conduisit dans une esquive, enroula son pull d'été autour de son cou par l'avant, sachant qu'elle aimait ça. Il conduisit lentement plus loin et continua à frissonner, au niveau des camion, il se déporta complètement vers la droite et les dépassa. La température de l'eau à 90 ° et la pression d'huile comme elle devait être. Il fit le plein à une station IP, nettoya le pare-brise, vérifia les pneus et pris trois petites bouteilles d'eau avec des bâtonnets au sésame. Nicole s'endormit doucement, comme une petite princesse, elle était assise à moitié tordue sur le siège.

Il remonta sa vitre latérale plus haut et ferma la lucarne de toit. Venant de la mer, l'air intérieur se refroidi rapidement et le vent se transforma en rafales. Il éjecta la cassette audio, il faisait assez chaud, mit la radio en veilleuse. Une colonne militaire vint vers lui, un transporteur à quatre roues motrices Iveco, au milieu des véhicules blindés de transport de troupes avec de minces canons automatiques Oto Melara. Excellente entreprise, en particulier dans le domaine des canons de navires entièrement automatiques. Un peu trop haut au-dessus de la route pour lui, des hélicoptères Agusta volaient en formation.

Plus rien n'allait vraiment ensemble ou bien il avait perdu la vision d'ensemble.

La question était, l'avait-il jamais eue ?

Aujourd'hui, Larson l'avait appelé du secrétariat du commandant et lui avait dit : plus de courriels, nous allons passer au bon vieux courrier, et si c'était pressé, nous avons le système de télex, qui fut abandonné du public, et même notre le fax est encore actif, pas via l'ordinateur, mais spécifiquement via une simple ligne téléphonique.

Si cela peut aider, Wenger n'en était pas si sûr. En 1996, cette folie commença chez eux avec le courrier électronique et en 1982, les premiers passeurs ont infiltré des musulmans de l'autre côté de la frontière autrichienne en Bavière.

Comme « réservée » sa place de parking à côté du poste de police vide. À côté se trouve un fourgon haut comme une tour, donc à l'ombre. Wenger se gara prudemment et laissa sa petite puce continuer à dormir. Ouvre sa porte et pose les pieds sur le cadre jusqu'à ce que les orteils deviennent blancs. Son oreille gauche lui faisait un peu mal.

Un merci, lui parvint au bout d'un moment à voix basse, tu es un amour, ça m'a fait beaucoup de bien.

Pas de poudrage, pas de retraçage des lèvres, juste les cheveux un peu secoués et elle était plus belle qu'avant.

Eh bien, allons-y mon navigateur et moi, aujourd'hui j'ai besoin plus que jamais de ton évaluation et de tes connaissances de la nature humaine.

Hé, ça va être quelque chose, il n'alla pas loin en direction du port et après le troisième magasin, elle trouva quelque chose pour lui, deux pantalons d'été, trois chemises à manches longues, un pull fin, c'était généralement plus pour elle que pour lui. Et bien sûr une veste, chère mais selon Nicole, quelque chose comme ça a fière allure. Soudain, elle n'avait plus envie de faire du shopping, alors il lui offrit deux boucles d'oreilles finement martelées en forme de triangle allongé. Constituées d'une fine feuille d'argent enroulée à l'extrémité, les bords décollés. Elles étaient légères, donc parfaites, ainsi qu'un foulard, toujours long et câlin en laine de mérinos marron clair et blanc. Tout fut emporté immédiatement et il dût retourner à la voiture et ranger ses affaires dans le coffre.

L'immense voiture partit et se trouvait maintenant juste à côté d'un Iveco massif, il ressemblait à un Land Rover et tout aussi beau, beaucoup plus puissant, mais sinon rarement vu excepté en Espagne.

Il la trouva rapidement devant un magasin de chaussures et après environ 22 essais, elle trouva les bons, des mocassins plats en cuir de veau fin avec un plateau tressé. Avec ça, une paire de ces chaussettes basses.

Wenger dût s'orienter et ils prirent d'abord une allée trop tôt, puis ils trouvèrent la bonne « adresse ». « Son » restaurant, vide et abandonné, mais les tables dressées de serviettes en tissu et de belles bougies fines et blanches dans des bougeoirs en argent.

Le patron devant son comptoir, où vin et prosecco sont noyés dans une petite mer de glaçons.

Il le reconnut et leur offrit la même place à l'angle près du mur.

Nicole, mets-toi près mur, il y fait agréablement chaud, regarde si c'est bon pour toi.

Cela me va à merveille.

La maison en diagonale de l'autre côté de la rue, les lumières, les gens, dont certains passaient lentement et rapidement. Comme l'ascenseur après lequel le rideau de théâtre se lève et dégage la scène pour le premier acte ou était-ce le dernier ?

19h38

Lois, est-ce que c'est la femme ?

Wenger acquiesça. Oui précisément elle !

Comme la dernière fois, elle s'éloigna à la hâte, un sac à main fin et marron clair pressé contre son corps.

Eh bien quoi, maintenant nous commandons.

Soupe de tomates deux fois, pas d'apéritif aujourd'hui, en revanche un vin blanc sec local.

En entrée, il y avait de fines tranches de pain brun foncé, avec une saucisse de chevreuil finement coupée et non dure, à côté un fromage de chèvre à l'odeur délicate. Nicole commanda une sélection de poissons grillés avec du citron, et il commanda un risotto aux fruits de mer. Les tartines dans les petits bols en porcelaine sont fraîches, pas trop froides, du poisson jusqu'aux légumes, finement mixées avec des morceaux entiers au milieu.

Nicole mange, gesticule et parle.

Wenger la regarda et l'écouta, fasciné.

Arrivèrent du vin frais et une bouteille d'eau minérale avec une superbe décoration en bleu clair, où le nom de la société et la dénomination du produit étaient faciles à lire à travers un œilleton à l'arrière à l'intérieur. Nicole était enthousiaste et Wenger y avait contribué, en fait le design et la beauté ne se trouvent plus qu'en Italie, en France et au Danemark. Ce qui conduisit à une folle discussion, car Nicole était en partie d'un avis différent. Wenger modéra ses propos et commanda un dessert pour tous les deux.

Un tiramisu frais fut servi avec juste une touche de café sur le fond et finement surmonté de tranches de mandarine sans pépins. Les boudoirs ne sont pas trempés et faits maison comme ceux de la boulangerie du coin. La maison a meilleure allure qu'elle n'en a l'air, dit Nicole, et elle est habitée tout le temps. Pas de boîte aux lettres, donc une boîte postale et je suis sûr qu'il y a beaucoup d'espace dans la cour et qu'une voiture y sera garée.

Nous allons explorer cela ensemble, oui.

Il pensa à Kiribati, aux chaînes de montagnes avec le sommet des falaises et les chevreaux.

Hello !

J'y suis déjà.

Elle était maintenant à la chasse. Les fenêtres sont propres, les fleurs ne sont pas destinées à la décoration et les rideaux sont joliment et précisément suspendus. Tout ce que voient les femmes.

Pas de détritus sur le trottoir devant la maison et je suis sûr qu'il est arrosé tous les jours.

Des grilles solides au rez-de-chaussée comme c'est habituel ici, donc tout convient pour un petit centre de commande. Peut-être le siège de Dieter et de ses hommes ?

Quelle distance il y a d'ici à l'aéroport ?

Moins d'une demi-heure, encore moins avec escorte.

Alors ça pourrait être le cas.

Ils étaient toujours assis seuls de l'autre côté de la petite ruelle à l'extérieur, dans le coin droit près de l'entrée.

À l'intérieur, où ça descendait dans une demi cave avec de belles arcades. Près de la Muraille basse, quelques femmes très bien habillées étaient assises et en conversation confidentielle.

Eh bien, je ne sais pas ce que vous faites vraiment, ne connais que vos professions de couverture, mais pourquoi vous êtes payé pour cela, impossible. Combien sont morts cette année ?

Trois, Nicole.

Tu vois, il vaut donc mieux écrire des livres que personne ou seuls quelques-uns ne lisent que de continuer à jouer les imbéciles ici et ailleurs pour des gens et des États qui ne le méritent pas.

Wenger, étonné, il ne s'était pas attendu à un si long discours.

La vieille dame devant l'encombrante porte d'entrée leur fit un signe de la tête avec un sourire aimable et disparut aussitôt.

Nicole avec les yeux clignant, avec elle tu as une bonne copine.

Juste parce que je t'ai emmenée avec moi.

Au bout d'un moment, la porte s'ouvrit d'un grand battement puis une autre femme s'approcha d'elle. Costume d'été bleu nuit chic, cheveux gris peignés en arrière et bijoux en filigrane, Wenger devina que c'était du platine. Ordonna au serveur avec l'un de ses doigts crochus, qui apporta sans tarder une grande eau de vie à l'anis et un verre d'eau.

Elle tira un fauteuil et leur dit à tous les deux :

Vous êtes un couple adorable et vous vous aimez vraiment !

Elle avait un accent bavarois, donc pas une Anglaise.

Nicole 47 ans, pleine de succès et intelligente et celui en face 51 ans, y compris un passé insondable. Méritez-vous vraiment cette adorable créature ?

Je vous ai tous les deux sur mes listes.

Santé, et ils portèrent un toast à trois.

Wenger lui rendit la mallette, elle l'ouvrit, regarda dedans, renifla un peu, mon Dieu, une si belle odeur. Merci, c'est gentil de ta part, je ne m'y attendais pas.

Elle commanda un assortiment de différents tramezzini. Et une petite bouteille polie remplie d'un vin rouge fort.

Pour lui, d'après l'odeur, un Malvasia, il resta avec son blanc léger, Nicole écoutant, elle était maître en la matière.

Je suis Bettina, je vous ai donné le dossier et dirige ici la succursale depuis 1949. Je suis le patron et Dieter est mon écuyer. Point. Il est têtu et ce n'est pas facile avec lui, mais il est honnête et très précis. Et depuis combien de temps êtes-vous mariés ?

29 ans et depuis plus longtemps ensemble.

Vous vous aimez l'un l'autre !

Oui, chère madame, dit Wenger.

Le grand homme silencieux que vous avez vu dans l'auberge de montagne il y a deux jours, c'est l'un des miens. S'il y a des problèmes, appelez ce numéro. Elle poussa une carte de visite vers l'avant.

Josef Blauinger, était-il écrit là, fruits tropicaux et autres bonnes choses. Amberg, Bavière.

Le monde se précipite dans un chaos incontrôlable, délibérément dirigé. En quelque sorte fait pour que cette fois ci, tout, vraiment tout, se termine avec notre petite poire sans importance. Les grands, les méchants, les puissants en ont assez et veulent mourir et tout détruire dans le processus. Vous ne pouvez pas arrêter ce mécanisme, il fonctionne de plus en plus vite. Entre temps, elle sirotait ce vin rouge et dévorait les petits pains.

Je suis désolé pour vous deux, vous ne survivrez pas non plus, mais vous en ferez l'expérience.

Nicole aurait besoin de plus de temps pour analyser cette déclaration, pour Wenger, c'était clair et à venir. On n'entend plus le tic-tac des horloges, et comment le pourrions-nous ?

Une Lady Rolex, de petit diamètre en platine, scintillait sur son poignet droit, de petites pierres jaillissaient autour du cadran.

Elle suivit les yeux de Wenger et dit que c'était la norme de l'industrie, ni plus, ni moins. Les normes baissent, les Russes en ont encore quelques-unes et puis c'est terminé.

Alors Nicole, je peux vous appeler comme ça, ne soyez pas triste. C'est comme une fête de mariage qui se termine par une nuit sans lendemain. Cela aussi a quelque chose de spécial.

Nicole est maintenant complètement confuse et boit beaucoup. Mon Dieu, elle avait un coup dans le nez.

Wenger rempli son verre d'eau.

Je suis devenue une vieille sorcière, je n'ai pas toujours été comme ça. J'ai perdu mon mari, les enfants sont quelque part et je suis là où j'ai toujours été et serai toujours. Tout le meilleur pour vous deux.

Elle sourit, fit un clin d'œil à Nicole, se leva et s'éloigna rapidement.

Une brise froide vint du coin de la rue, Wenger dit doucement, la note s'il vous plait.

Monsieur, tout a déjà été payé, vous étiez les invités de ma patronne, Signora Breithammer. Je vous souhaite une agréable soirée et merci de ne pas laisser de pourboire.

Maintenant que celui-là aussi avait disparu, ils s'assirent dans la semi-obscurité, les yeux de Nicole brillent et Wenger sorti le nouveau pull. Nicole l'embrassa lorsqu'elle eut fini de s'habiller.

Est-ce vrai, Lois ?

Je crois que oui.

Quand cela commencera-t-il ?

Je ne sais pas, mais tous et beaucoup de préparatifs vont dans ce sens, il se peut que cela ait déjà commencé. Au Vatican, il y a des gens qui savent plus tôt et qui en sait beaucoup dort mal. L'Église et ses organisations valent mieux que leur réputation et elles sont accusées de beaucoup de mensonge, mais ici aussi il y a beaucoup de mauvais vieillards.

Tu sais, Jésus était un garçon sensationnel et il y a quelque chose de vrai là-dedans.

Viens me serrer dans tes bras, j'ai si froid, il adora le faire.

As-tu mon écharpe, oui, et ce joli sac aussi.

Elle avait souvent froid ces derniers temps et pouvait à peine se réchauffer.

Cela faisait peur à Wenger.

Je sais que tu aimes les voitures, les bateaux, les jets, les hélicoptères, alors allons au port.

Tu en sais beaucoup sur moi Certainement.

Bon, et ils se mirent à marcher.

Il entendait parfois des choses, des tonalités, des bruits que les autres ne remarquaient pas ou qui ne le voulaient pas, malgré les acouphènes qui le tourmentaient souvent avant de s'endormir. Là aussi, ce grattage et une sorte de claquement.

La ruelle descendait un peu et ils passèrent devant un salon de coiffure ouvert, puis un petit bar, bien fréquenté, tout en bois.

Les gens ici semblent heureux et détendus.

Le grand homme calme et vêtu de vert marchait vers le haut d'un pas décidé de l'autre côté. Wenger le remarqua, Nicole pas.

Il ressemblait à Petar Orlovic, mais ce n'était pas lui.

On nous protège, mon amour.

Oh, tu es un peu fou, non je suis sûr que tu as raison. As-tu mes lunettes de rechange avec toi ? Oui, ma chère.

Je ne sais pas ce qui se passe, mais avec toi je suis heureux et enjoué.

Eh bien, n'en fais pas trop.

Il reçut une brève allocution détaillant toutes ses lacunes, ce qu'il avait promis et ce qu'il n'avait pas fait.

Ce n'est pas grave, l'essentiel c'est qu'on soit ensemble, ainsi conclut-elle le chapitre.

Le port en forme de T se trouvait devant eux, les grosses pierres du quai blanches et usées reflétant la lumière des lanternes de façon graisseuse. Des chiens erraient, au milieu des chats, en chasse nocturne.

Tu conduis au retour, oui ?! Je veux rêver à côté de toi

Tu le sais, je ne prends jamais le même trajet au retour, donc le chemin le long de la mer jusqu'à l'intersection dans notre petit village en face de San Vito. Avant cela, nous nous faufilons dans la ville, en passant devant les bâtiments de l'usine au nord-ouest. Ensuite, ce sera extrêmement beau et désert.

Tu me racontes tout quand on s'endort.

D'accord.

Quelques petits dériveurs glissaient ici et là, sinon le silence, seulement de temps en temps l'un des câbles d'amarrage tremblait, comme les cordes d'arrimage. D'un ton plus clair, les câbles d'acier non gainés lorsque le vent ou le mouvement de balancement des bateaux les projetaient contre les mâts. Les lumières scintillaient et tout était doux et paisible. Pas de voitures. Quelque part, les gens marchaient prudemment pendant cette nuit douce. La mer immobile, sombre. De temps en temps, un éclair à l'horizon, rien d'autre.

Wenger abandonna tous les plans de retraite et d'île. Non, pas comme ça, rester au milieu de la tourmente. Tout au plus se laisser dériver un peu sur le côté. Ça vient comme ça vient. Nicole était maintenant endormie, Wenger l'installa précautionneusement du côté droit de la voiture. Elle le tint autour du cou et il lutta pour ouvrir la porte, puis elle se glissa à l'intérieur. Elle pouvait encore voir la ceinture de sécurité être enclenchée, une pause et une respiration lente. Wenger batailla avec sa ceinture, il fallait mettre du silicone dans le tambour ouvert. Le préchauffage dura moins de trois secondes, puis le voyant lumineux s'est éteint. Ici, un moteur se refroidit très lentement. Le moteur commença à aboyer, il aima ce bruit de 5 cylindres. Cette fois, allumer les phares et régler le chauffage à 22 degrés, la ventilation sur un pour sa poupée.

Il trouva facilement la sortie de la ville, tout était bien signalisé et il aimait ces bâtiments industriels ainsi que ces quartiers commerciaux sombres et en partie abandonnés, avec les ateliers ouverts, les garages semi-éclairés et les stations-service qui projetaient leur lumière blafarde sur la rue. Dans l'air, il y avait une odeur désagréable de découpe au chalumeau. Une ambulance le dépassa, sinon pratiquement aucun trafic. Immédiatement après la ville, une sorte de steppe commença avec des rochers rugueux, des buissons et un peu plus loin, les premiers arbres, accroupis et peignés comme une coiffure de sèche-cheveux par le vent. Côté conducteur, la mer, cette fois ça le calmait, ils roulaient presque au même niveau que les vagues sur la plage. Plus tard, cela changerait et le remblai deviendrait plus haut et plus raide. Pas de radio.

Loin au-dessus, un avion-cargo ronflait vers le nord, les feux anti collision clignotant. C'était un bimoteur, un vieux F27 fatigué qui se frayait un chemin dans le ciel trop chaud du soir avec les moteurs RR, fiables, mais pas vraiment très puissants, surtout pas par grande chaleur. Il traversa la rue et s'arrêta, sortit, le moteur s'arrêta le premier, ne voulait pas réveiller sa poupée.

C'était incroyablement beau ici, ce qui lui convenait le plus, ce silence. Nicole était malade, gravement malade. Elle n'aurait plus à vivre ce chaos, cette nouvelle peur différente. Elle avait souvent froid, cette fatigue et les traitements en cours, cette mort rampante la rongeaient de l'intérieur. Wenger ressortit, s'adossa à la voiture et pleura des larmes amères et découragées. Ça vous déchire

172

le cœur, ça fait mal physiquement. Vous rend diaboliquement sauvage et découragé en même temps.

Il se tenait au sommet du plateau là où on pénétrait et descendait directement dans les montagnes. Là où la Sicile se noyait dans la mer et en hiver, les longues et larges vagues essayaient de se frayer un chemin dans la terre. Seule la roche primaire, là-bas il y avait quelque chose de spécial et sur les plages incrustées de lave encore plus.

Aucune chance, le jeu terminé, plus rien ne fonctionne, finito la musica.

L'activité hélicoptère a été vendue, le fret aérien fichu, et le domaine du transport de passagers a échoué.

Ça a l'air drôle.

Maintenant, il avait de nouveau de l'argent, pas exactement à profusion, mais c'était suffisant. Il y eu un temps où il devait manger le mastic du cadre de la fenêtre et ALDI était trop cher pour lui. Maintenant, il avait trois voitures, accès à des jets, des hélicoptères et des bateaux rapides, et il volait en classe affaires, les hôtels avaient **** plus.

Ce qu'on aime on le perd, on vous l'enlève. Par qui, par quoi et surtout pourquoi. Je le sens, tu penses à moi.

Nicole se tenait à sa gauche. Cela me fait du bien et lentement, je m'inquiète plus pour toi que pour moi. J'en aurai bientôt fini.

De telles conclusions lui coupèrent le souffle et provoquèrent des vagues de chaleur à travers son corps.

Viens, asseyons-nous dans la cuisine de Bruno, je nous prépare un chocolat chaud, et toi tu fais griller du pain de seigle et tartines du miel dessus.

Wenger continua de rouler comme s'il avait de la nitroglycérine avec lui dans une chope en verre, stockée sur de la paille.

Elle avait oublié les gouttes et elle ne voulait pas prendre la réserve « antidouleurs », qu'il avait avec lui partout, pas uniquement dans la voiture quand ils étaient en déplacement. Mettez-le sous votre langue et votre cerveau s'envolera presque. Ils trouvèrent de la ciabatta de la veille, parfait pour leur déjeuner de minuit. La cuisine étincelante de propreté, les hottes aspirantes bourdonnaient sur la position un, Nicole au travail.

Buffo entra, Nicole, j'ai des gouttes aux herbes pour toi de la part de Sarah, la sœur de mon frère, mets-en quelques gouttes sur la langue le matin juste après t'être levée.

Merci Bruno, je sais que vous m'aimez tous bien.

Bruno fit un signe de la main à Lois, ils allèrent au bar, toujours bien fréquenté.

Comment va-t-elle ?

Cela ne s'améliorera plus, c'est le début de la fin.

Quoi qu'il en soit, fais-moi savoir si tu as besoin de quelque chose. Merci, Wenger retourna dans la cuisine.

Nicole avait déjà commencé à manger et lisait le journal, lorsqu'il arriva, elle commença à traduire pour lui. Elle était de meilleure humeur maintenant, j'en ai finalement pris une et me suis laissé dormir jusqu'à huit heures demain. Pas plus, tu m'embrasses d'abord et ensuite le soleil. Je veux traverser la côte avec toi sous les énormes rochers qui se détachent des montagnes jusqu'à ce que la mer ne nous laisse pas aller plus loin.

Comme sur la rive est du lac de Traunsee, tu te souviens ? Wenger ne pouvait la regarder plus longtemps.

Alors quoi de neuf, ma belle ?

Eh bien, d'abord l'économie pour toi dans les grandes lignes : les actions Fiat au plus haut depuis deux ans

Alitalia sur le point de fermer Lufthansa reprend la compagnie aérienne régionale

Le gouvernement à Rome a démissionné

Redynamisation du projet de pont automobile et ferroviaire vers Messine

La garde côtière reçoit quatre nouveaux navires de Fin Cantieri et le tourisme remplit les caisses de l'État en difficulté.

Il lui donna un baiser sur la joue, s'empiffra avec les tranches de pain et le chocolat le fit transpirer.

Écoute, je vais me coucher, très bien, je vais lire la partie mode et bien sûr la page moteur pour toi, l'info ce sera demain matin.

Nicole descendit prendre le petit déjeuner à huit heures précises.

La nouvelle Classe E est réussie, avec un petit moteur à essence et son compresseur, j'aime ça, puis elle lui passa la coupure du journal.

Merci, il a l'air vraiment bien et bien rangé.

Wenger pensa à une réunion à Vienne avec Josef d'Egnatia Tours et la conversation qui suivi entre Gina et Wolfgang, l'un des pilotes opérationnels. Il lut les rapports de mission de collègues qui étaient actifs dans les pays voisins et les trois sont maintenant dans l'antichambre, non plus dans la salle de réunion, dans le magnifique bâtiment du temps de la monarchie, plus un musée qu'un centre d'opérations.

Les microphones sont éteints, qui peut le croire, il y a des années il se doutait déjà que tout serait enregistré sur bande, chaque conversation, chaque coup de téléphone, tout.

Les deux l'avaient oublié et Gina dit à Wolfgang : je t'aime bien. Tu peux avoir mon corps, mais je ne t'aime pas.

C'est l'enfer et ça vous brûle le cœur quand vous avez besoin de deux personnes pour vivre.

Son mari était décédé près de l'aéroport de Beyrouth deux ans plus tard.

Quelque chose comme ça n'est pas répertorié comme décès dans le quotidien Kronen Zeitung. Wolfgang volait toujours pour ses missions et ne pouvait pas les oublier. En quittant Sarajevo, ils avaient failli lui tirer sur le gouvernail. En déplacement pour VW et MAN, qui peut le croire.

Dix décas de salami rustique sur trois tranches de pain de seigle peuvent paraitre beaucoup ou peu. Tous les meurtriers viennent de la vallée de l'Emmen et les vrais criminels sont assis dans les bureaux et dans les antichambres des ministères du monde entier. Les ministres sont pour la plupart des idiots qui ne savent rien ou ils prétendent être compétents.

Il embrassa Nicole juste sur l'oreille gauche et chuchota dedans – tu as bonne mine.

Elle lui envoie un regard et dit, espèce de coquin, tu pensais juste à une autre.

Certes, seulement cette autre n'est pas mon autre.

Il y avait de la confiture d'orange maison avec un peu d'eau de vie d'abricot à l'intérieur. C'est du moins ce qui lui sembla.

Une bonne demi-heure plus tard, ils étaient sur la plage, le petit sac à dos rempli, et pour lui le chapeau de soleil tressé en althéa. Avec sa chevelure elle n'avait besoin de rien. Wenger en chemise et pantalon court, Nicole comme sortie d'un journal de mode avec une robe de plage aérée et en-dessous quelque chose des achats de la veille, l'écharpe ultra fine sur les épaules.

Un léger vent de terre soufflait et il faisait agréablement frais alors qu'ils s'éloignaient.

Faire une pause à la première usine de thon abandonnée ou dans les cuvettes plus loin derrière ?

Où tu veux, quand alors près de la halle, là il y a de l'ombre, un ponton pour te baigner et je peux garder un œil sur toi.

Plus loin dans la campagne, un vert frais, entre les deux presque pas de circulation sur la route du bord de mer, qui allait bientôt se terminer et les femmes au foyer en train d'accrocher le linge, l'odeur de détergent venait de loin.

Notre linge sale ?

Je l'ai déposé.

Bruno viendra nous chercher quand nous serons trop fatigués pour rentrer.

Super, et un peu plus tard, Nicole fit des brasses dans la mer bleu clair peu profonde et Wenger la regardait. En fait, comme toujours, un cliché instantané sans soucis ni peur.

Et pourtant, quand elle revint, il alla à sa rencontre avec la fine serviette de bain bleue de Dalaman et commença à la frotter.

Tu sais, aujourd'hui il y avait beaucoup d'air dans l'eau, je l'ai senti sur ma peau. Il m'a transporté comme une sorte de courant ascendant.

J'ai peur.

Moi aussi, et ils se mirent à rire presque simultanément, non pas de façon stridente mais doucement.

Alors que ferais-tu sans moi ?

Je te conduirai dans l'urne sur le siège passager et mettrai ton écharpe préférée dessus, nouée bien sûr. C'était devenu comme un rituel pour eux.

Et si la police t'arrête et te demande ? Alors je vais leur dire, que tu es de sortie aujourd'hui et que je suis juste le chauffeur. C'est exactement comme cela que tu le feras.

Le sac à dos s'est allégé, elle s'est glissée dans un de ces jeans italiens qui ont l'air vraiment drôle dans le beige clair avec les poches cousues, le tissu fin et aéré.

Maintenant tu dois marcher derrière moi.

Pourquoi ?

Parce qu'autrement tes fesses me rendent fou.

Tu es vraiment fou.

Alors nous marchons côte à côte, et elle lui pinça la fesse droite.

Si je meurs maintenant, alors ensuite ?

Je te couche doucement et meurs un peu à côté de toi.

Dring, dring, dring. Son téléphone portable dans le sac à dos faisait du bruit.

Jeter ou décrocher ?

Décrocher.

Wenger au téléphone avec un léger grognement : c'est la filiale de l'OLP qui parle. Nous n'acceptons pas les demandes de renseignements, uniquement les dons à partir de 100.000 dollars.

Laisse ces bêtises, c'était sa sœur, et passe-moi Nicole.

Après quelques minutes de conversation en cascade – tout va bien, oui, tu sais, je veux retourner à Bad Kissingen, dans cette belle pension allemande, calme et sombre. On va le faire.

Et cette fois je gagne au casino et tu traînes dans le hammam.

Bien, deux minutes.

Cela vint vite, précis et sans espoir. Accompagné de bonheur, de force et de désarroi.

Ce qui restait, le désir, la tristesse et l'incompréhension – un silence interrogateur sur les erreurs et les omissions. Wenger était assis, debout à l'une des tables extérieures du bar situé juste après le cimetière, directement sur la plage, en diagonale vis à vis de l'église dédiée à une sainte Marie. Le propriétaire y était de service jusqu'à huit heures pile, puis Graziella aux cheveux noirs prenait la relève.

Ils buvaient un Friulano de l'année, froid avec de l'eau plate et de temps en temps un petit pain blanc avec du jambon de Parme dessus. Le soleil du soir jaillit de la gauche, à côté des boîtes remplies de bouteilles de prosecco vides. Tout ici est clair et propre.

Certains locaux en train de prendre l'apéritif après le travail, il était environ sept heures.

Il était triste, abandonné, déprimé avec un accès de colère sourd dans l'estomac.

Seulement contre qui et pourquoi ?

Le déjeuner tardif au restaurant de l'hôtel Sarah fut excellent, il était autorisé à s'asseoir à côté de la table familiale, le chef servait.

Seulement elle n'était pas là, plus là.

Il résidait au Stella Mare, gardé par Mme Victoria. Gianni lui serra la main, ici tu ne paies rien.

Je dois y aller, je ne vais pas bien.

Wenger au bord des larmes.

Il fit un don au centre des nécessiteux derrière l'église et marcha à demi aveugle jusque chez Eno. Commanda un vin blanc de qualité supérieure, avec du fromage sur des coulées de miel et du pain. À part quelques personnes de l'industrie textile, personne n'était là, une jolie blonde buvait seule en face du bar.

Il s'assit à côté de la petite cuisine, du four, et remplit les pages de son livret de marque Conceptum. Il était passablement habillé, la veste de Trapani et la chemise, plus un jean bleu épais.

Maintenant toutes les reliques du passé lui allaient, il avait perdu douze kilos.

Comme avant, les chats s'approchèrent de lui, se laissèrent caresser la tête puis continuèrent leur chemin. Ils le comprenaient.

Depuis chez Eno, quelques marches d'escalier à gravir et arrivé en haut, continuer sur la magnifique promenade du front de mer sur la digue de la ville. Il marcha vers l'ouest jusqu'à ce que le soleil rouge orangé s'enfonce dans la mer fraîche à l'horizon et continue encore à briller dans le ciel. Puis il revient et s'enfonce plus loin, passe le pub des marins, très fréquenté par ses membres, et descend la ruelle de la Poste. À l'angle, après la Poste italiane, son bar, où l'on mange bien et où il y a un petit quelque chose pour accompagner chaque boisson.

Il aimait cet endroit parce que Nicole y avait été heureuse et avait souvent chanté à voix basse. Là-bas il y avait encore de la vraie musique, sans électricité.

Un petit podium après la porte d'entrée à droite, derrière une salle, au-dessus aussi.

Il se tenait au bar où la machine à découper travaillait, au-dessus sur deux planches sombres, les vins. Il s'autorisa la liste des vins blancs de bas en haut, à l'exception de deux vins doux. Il n'y avait rien de mieux non plus.

Tout autour des Italiens et tout le monde en train de parler et d'échanger des idées. Pas bruyamment, même avec dignité.

La chanteuse, une Allemande avec une très belle voix, le guitariste de Sheffield. On le savait, il n'y avait rien à payer pour la musique.

Il se dirigea vers la place principale, en descendant d'un côté jusqu'à la bifurcation sur la plage. Le long de la traverse du Cimetière, le passage est bloqué, donc la ligne droite vers le bas.

Il avait le vertige, pas à cause du vin, disons simplement, ainsi lui et les autres sont rassurés.

La mer est endormie, certaines chambres d'hôtel éclairées, les restaurants fermés. Il faisait doux, alors il descendit au Belair, puis revint pieds nus sur la plage. Une demi-lune jouait les réverbères et des voix montaient du bar de la Villa Olga. Il faisait plus frais, il ferma le bouton du haut de sa chemise.

Un inconnu à la réception, Wenger descendit les escaliers en premier, puis Gianni. L'homme à la moustache s'est effondré.

Personne n'a rien entendu, allons-y, demain tu dois aller à Trapani. Je m'occupe de tout le reste ici. Tu peux voler avec un C130, juste là à l'angle de l'aérodrome militaire.

Le gars n'avait pas les nerfs solides ou si.

La main gauche de Wenger trembla légèrement, pas longtemps. Il avait mesuré un pouls de 61, ce qui était beaucoup pour lui.

Mon Dieu, oh Dieu, quelle vie et pourquoi !? Gianni conduisit, Wenger vissa les silencieux et rechargea les deux Beretta, se coupa au pouce gauche. Ses yeux brûlaient un peu à cause du sel. La réunion annuelle a lieu à Kastell van Nieuwland, Flo d'Aarschott y sera.

Seule Nicole ne serait plus là.

Lois Wenger en savait trop sur peu. Cela effrayait les autres et certains se sentaient coupable. Fais ce qui est bien et fais-le à toi-même.

La lumière rouge de la tombe scintillait comme une lanterne ouragan ivre dans un poêle de marine.

Des âmes calmes et perdues cherchaient le chemin.

SALUT LES FILLES !

J'avais à faire à Cambridge, j'étais auparavant allé au château de Blenheim dans le quartier universitaire, écoutant.

L'exposition de Noël, onirique, enfantine et belle. Je bus du gin punch, à la dérive, avec des Cranberry Mince Pies fraîches.

Le coin cuisine bien chauffé, une légère odeur de clou de girofle et d'orange dans l'air. Je me suis dirigé vers un cottage orné de guirlandes lumineuses en face du Palace. Des flocons de neige légers et secs tourbillonnaient lentement d'en haut, se retournaient un peu dans le vent vers le sud. Je bus dans la chaleur sèche, un Orange Pekoe dans une porcelaine de Chine, très fine, à côté un verre de single malt John Grant.

J'allais trop bien, ou pas.

L'amour est, l'amour ne lutte pas, chantait Nena il y a de nombreuses années.

Vous entrez dans une vallée, les collines verdoyantes, le chemin sablonneux. Le vent se lève à travers les feuillus, les feuilles vous parlent, parlent d'amour, du passé et de la confiance. Perdre fait mal.

Maintenant, nous étions assis là, un dîner dans un petit restaurant de la vieille ville. Avons à peine remarqué les gens autour, des figurants. Je ne savais pas si ou ce que j'avais mangé. D'abord je bus un verre de vin rouge, puis un whisky sur une eau légèrement pétillante des Snowdonia Mountains. Plus tard, un Brandy que personne n'avait bu depuis trente ans.

Nous nous sommes assis là, à nous regarder, à parler et à parler. Les yeux bleu clair avec des éclats dorés, les cheveux blond foncé, ébouriffés et sauvages.

Le bout des doigts se rencontrèrent, reculèrent brusquement. Un scintillement sur le visage, sur les lèvres un sourire hésitant.

Je suis, j'étais, je serai, dans le néant.

Mon Dieu, est-elle belle, une robe de cocktail scintillante verte et dorée, assez courte. Tout était parfait, le parfum, les mouvements.

Je t'aime bien, je te souhaite bonne chance. Amuse-toi bien. Un peu plus tard, blotti l'un contre l'autre sur le trottoir le long de la rue, gâtée par la lumière des lampadaires jaunes, elle s'appuya contre moi en marchant.

Les sourcils, les cils soyeux et un duvet délicat sous les pommettes.

Tu te maries demain.

Pas de pourquoi, juste un peu d'humidité dans mes yeux.

Mon dieu tu es belle.

Nous nous avions, nous nous avons, dit Karen, à moi, à elle-même – je ne sais pas.

Ils allèrent dans leur maison de ville, montèrent les escaliers étroits. Ronny le chat montait la garde, les oreilles dressées dans sa fourrure d'hiver, encore humide de son incursion sur les toits.

Tu viens demain, maman est contente de te voir.

Oui petite fille, je viens à ton mariage

Je l'ai entendue respirer et pleurer silencieusement.

Seulement pourquoi, ne pas demander.

Je remontais Rex Hole Road en direction de la ville. Le ciel est maintenant rouge pâle, de couleur sombre.

Le bord de mon chapeau sur les oreilles, un foulard autour de ma bouche et je ne devrais plus la revoir dans ce monde.

Des années plus tard, à Salamanque, au fond de la nuit, je sentis son parfum. Je l'ai perdue pour toujours, ne pas oublier. Mon Dieu, seulement pourquoi ? Ou à cause de ça !

Il bût une Valpolicella chez Eno, avec du fromage sur une ligne de miel.

Lui, comme souvent, revêche et pourtant charmant.

Plus tard, il alla chez Claudio, le propriétaire silencieux qui n'est plus là dans ce monde, sa belle Madone noire, qui sait où.

Le serveur maigre et insipide était toujours là, il n'osait pas lui demander pourquoi, comment. Commanda une soupe de poisson claire avec une grappa offerte par la maison et un Friulano sec.

Vivre la nuit, mourir le jour.

Wenger remonta la plage douce près de la ligne d'eau jusqu'à la pension Olga et revint au Stella Mare.

Elle, un homme, qui, il ne le savait pas, lui avait pris beaucoup de tout ce qu'il avait.

Au sud de Cacares, elle lui dit, je vais mourir, dans pas très longtemps. J'ai très froid. Je sens la mort, l'éternel silence en moi. Ne m'achète plus rien à porter. Oh si.

Il l'avait su, soupçonné et senti.

Ils se tenaient sur le bord de la route devant un champ de blé jaune pâle et ondulant. Calme et sécheresse absolus. Je la perdrais et je pleurerais.

J'ai déjà perdu, tant perdu, vas-y seul. Où et comment ?

M'aimes-tu, je t'embrasse, ou pas.

C'était l'une de leurs expressions.

Mon Dieu, elle était belle et personne ne t'aida. Certains soupçonnent quelque chose, des inconnus le sentirent : la grand-mère et la logeuse sur la plage de Plitra, la petite auberge à l'extrémité sud.

Elle lui serra la main, prit sa tête très doucement à deux mains, l'embrassa et s'éloigna. Elle savait.

De Gefira, à mi-chemin de la ville basse de Monemvasia vers le haut, le joli bar calme avec vue sur la mer. Écrire des cartes postales, manger des cacahouètes de Kalamata, boire du vin Malvasia froid et être heureux. Seulement ça et rien d'autre.

Lorsque vous êtes lié comme ça, vous perdez.

Ce que les gens racontent de vous, ils ne te connaissent pas, ne savent rien ou peu de toi et répandent des stupidités et des idées auxquelles ils ont eux-mêmes pensé. Refont le monde et vivent leur médiocrité à fond.

C'est ainsi que le monde sera détruit.

Lois, tu perdras ton pantalon si tu continues à vivre comme ça, fais-toi percer des trous par le cordonnier qui est à côté de la boucherie.

Merci mon ami.

Je ne savais rien de lui, mais il en savait beaucoup sur moi. Et moi, je savais tant de choses et ne pouvais pas, ne voulais pas m'en servir.

THE DEVIL IN THE TIN CASE-
LA MORT EST ASSISE SUR LE BANC
NUMÉRO

QUATRE ET personne ne le connaît et où
es-tu assis ?

Une histoire, ce n'en était pas une, n'est-ce pas ?

Les discrets étaient les plus puissants, ils étaient dans l'entreprise avant le début du travail, faisant des heures supplémentaires volontairement et sans sollicitations. Ils ne se plaignaient pas si ceux-ci étaient payés en retard ou seulement partiellement. Ne vérifiaient pas si leur note de frais avait correctement été virée. De la comptabilité aux ventes – on les aimait, les discrets. D'autres faisaient carrières, eux devenaient lentement dangereux. À la maison, ils écoutaient la radio publique et payaient la redevance à temps. Leur téléphone portable, vieux de dix ans, ils l'utilisaient peu, n'attiraient pas l'attention. Conduisaient une voiture encore plus ancienne sans électronique, n'utilisaient pas d'appareil de navigation.

Les pneus d'hiver étaient neufs et montés en temps voulu, leur apparence démodée et réservée.

Ils ne changeaient pas de fournisseur d'électricité et acceptait avec gratitude ces journées d'électricité gratuites, sachant qu'il s'agissait d'un cadeau symbolique. La télévision était à peine allumée, le coin livre avec la lampe jaune montée sur un support en laiton restait allumé jusqu'à tard dans la nuit. Eau et égout au minimum, l'appartement scrupuleusement propre. Ils passaient généralement leurs vacances dans les mêmes pays et lieux, évitant les vols, préférant les trains, les voitures et les bateaux.

Là-bas, on les aimait et ils étaient appréciés. Étaient salué respectueusement par leurs amis de la main gauche. Du petit déjeuner au dîner, leur place à table était réservée, que ce soit en Italie, en Espagne, en Grèce ou ailleurs. Leur voiture, bien que minable, était amenée au parking.

Le compte bancaire créditeur, les cartes de crédit peu utilisées, le solde du compte réglé à temps ou plus transféré au préalable s'ils étaient absents.

L'un de ces serviteurs tranquilles était Franz, un homme silencieux et puissant, s'il était toutefois autorisé de lui attribuer un classement par sexe. Certains politiciens et chefs d'entreprise savaient pourquoi, mais pas par qui ils avaient perdu leur emploi et leurs revenus, ils étaient mis sur la touche, pas toujours avec une bonne retraite, avec l'obligation de ne rien dire, absolument rien.

D'autres sont morts tranquillement, ont eu un accident, sont tombés dans les escaliers lors d'un voyage de chasse en République tchèque, oui, bon, trop d'alcool au milieu.

Ou bien simplement sur le banc numéro sept ou était-ce le numéro quatre, affalé, endormi, une légère insuffisance cardiaque en Haute-Autriche, ou était-ce à Husum à côté de la distillerie de rhum ?

L'air noir les avait pris, les quelques amis ne les avaient pas accompagnés.

Les discrets annoncent les résultats de l'autopsie à leur manière, humaine. Récemment aussi avec les femmes, le quota devait être correct, du moins à peu près. Les cessions d'entreprises sont forcées, les acquisitions sont commandées. D'autres avaient ouvert des entreprises dont ils avaient peur. Seulement ils devaient le faire.

Les discrets, effacés régnaient sur le monde, jamais vraiment ivres, pas visiblement tenus à l'objectif. Conférenciers de Bilderberg, francs-maçons, le Club de Rome, ils remplissaient les quotidiens et autres médias, des gens sans importance qui aimaient s'entendre parler. Il n'y a rien à lire sur les discrets.

1,5 milliard de citoyens ennuyeux, plus quelques millions de touristes qu'ils voulaient surveiller, déclara le numéro trois au numéro un avec un sourire. Qui que ce devait être ou voulait était, ils ne pouvaient même pas le faire avec nous trois !

Un gloussement ha, ha, ha, suivi.

Le numéro deux se tourna vers les deux autres. La révolution culturelle est à l'ordre du jour, nous pouvons donc demander au président de tout balayer en son nom. Nous le laissons s'effondrer, que la moitié du monde soit ébranlée. Celui-là, quel est son nom déjà, aime signer des décrets, peut-être même son propre licenciement.

Et quand cela devrait-il être ? Demanda calmement le numéro trois. 2023, car pour 2024, j'ai demandé et approuvé notre départ, retraites complémentaires d'entreprise comprises.

Qu'est-ce que nous ne devons pas faire pour conserver le monde, bien sûr nous sommes les gentils. Ils se portent volontaires pour les remplacements de vacances, passent leur tour quand ils sont malades, ne bronchent pas, viennent à l'entreprise le dimanche soir pour y être le lundi à sept heures, reposés, dangereusement frais.

Ils ont beaucoup de choses sous contrôle et le chef supposé se réjouit de son pouvoir tout comme de son ignorance totale sur qui dirige réellement ici, dans quelle direction et qui décide. Les Présidents des conseils de surveillance, directeurs généraux et autres fraudeurs sont substitués du jour au lendemain, les photos de presse disparaissent et seuls les chauffeurs de leurs voitures de fonction et les pilotes des jets d'entreprise le remarquent un peu. Les béni-oui-oui se taisent et continuent de servir.

Il était exactement 22h00 à la sonnerie du buzzer. Trois discrets savaient que désormais un Premier ministre avait annoncé, devait annoncer sa démission.

Peu de gens connaissaient cet émetteur gris.

La mort s'assit maintenant sur le banc numéro quatre et fut envoyée en voyage pour débarrasser le monde de ceux qui en avaient abusé.

À la radio à côté, les annonces monotones de la force du vent de la mer du Nord au large de East Anglia. Un frisson traversa la pièce, rampant comme les brumes de l'océan Pacifique sur l'Oregon. Seul le Calvados manquait.

Existait-il encore, celui qui oublia parfois d'appuyer sur la pédale d'embrayage et son frère la taupe qui avait assassiné son grand amour ?

Le diable était assis dans la boîte de conserve, n'avait pas encore été libéré et se mit à rire de lui-même. Il connaissait son heure, son âge viendrait.

Franz en chemin vers le service de la paye de son entreprise. Les numéros deux et trois étaient assis devant lui dans un bâtiment en béton armé nu, dans des fauteuils en plastique translucide encore plus modestes qui provoquaient des flaques de sueur.

Maintenant, nous avons exactement 136.742 employés. Serviteurs du grand capital du monde entier dans notre petite boutique, à la date d'aujourd'hui, heure universelle 16h32.

Des regards furent échangés.

Numéro deux dit aux autres, 1.747 perdront leur emploi, j'aime ce chiffre et en fait il me plaît de rationaliser un peu plus loin. Numéro trois, rires silencieux, tu es réellement un vrai méchant. Numéro un, qui a commandé ça ?

Personne, marmonnèrent les numéros deux et trois.

À qui le tour ? Numéro trois avec suffisance – regardez la liste.

Tu en connaissais qui t'ont, nous ont insulté.

Nous n'obtiendrons donc pas de parking d'entreprise à l'usine de Milford Haven.

Oh si, ils sont déjà réservés.

La société d'optimisation, également Singapour procédera à ces licenciements conformément à notre proposition, bien qu'elle ne le souhaite pas du tout. Après cela, nous mettrons fin au contrat du service juridique, section IV à Beelitz.

Et personne ne peut rien nous faire ?

Non, en octobre, nous embaucherons, disons 1.872 nouveaux employés. Ça fera bien avant Noël.

Des gens complètement improductifs, qui peuvent et doivent récupérer.

Des mères célibataires, des personnes sans horizon professionnel ou âgées de plus de cinquante ans. Les médias nous acclameront.

Et qui commande ça ?

Nous le faisons, dans notre groupe tout le monde peut se le permettre. On se dissout, chacun suit son propre chemin.

Dans sa mallette râpée, Franz avait l'en-cas du jour dans une boîte en métal, enveloppée dans du papier sulfurisé, il n'était pas fan des Tupperware. Plus un thermos en acier inoxydable provenant d'un arsenal suisse, pas Made in China. À l'intérieur, du café noir amer.

Dans le trolleybus, qui passait devant l'aéroport, il offrit sa place à une vieille dame avec un sourire et prit les mesures de ceux qui ne s'étaient pas levés. Ils étaient morts, ils ne savaient pas, ils le sentaient peut-être dans leurs téléphones en se figeant. Ils parlaient trop.

Un homme silencieux avait le pouvoir et passait des appels. Les personnes bruyantes avaient peur et parlaient au téléphone.

Il irait voir Anni, elle faisait une bonne liqueur aux œufs.

Hof / Elia / Trapani 2018.

J'AIME BEAUCOUP LA MORT ET LE DIABLE, LA GLACE À LA FRAMBOISE AVEC DES MYRTILLES AUSSI

Le chat gris-blanc mignon venait chercher de la nourriture tous les soirs. Il l'appréciait à la lueur d'une bougie de cimetière rouge, qui brillait terriblement devant lui, protégée par une lanterne avec trois carreaux en verre, le quatrième était en Italie.

Il regarde le flanc de la montagne et parfois il regarde à l'intérieur par la porte du salon. Wenger ne savait pas d'où venait le chat, où menaient ses traces à travers la neige douce et profonde, si.

Un long hiver gris avait recouvert le pays, congelant la mort avec lui. La chaleur froide du chauffage central était adoucie par la chaleur douillette du poêle en faïence. Wenger amenait du bois tous les jours. Du hêtre pour chauffer et pour l'allumage, un épicéa sec et odorant, mélangé à un peu de mélèze, qui éclatait lors de la combustion, à cause de la résine.

Il en aurait trop peu avec son tas de bois contre le mur arrière, mais plus loin près du vieux prunier, là il y en avait encore trois bons mètres cubes en réserve. Même les pieds de fleurs semblaient pleurer, les buses s'envolaient en exil, la forêt se figeait. À part quelques merles, ses merles animés, il y avait peu d'animaux autour. Il leur donna des morceaux de pomme, de la nourriture pour chat et le reste d'eau de la source au-dessus. Sa vieille Citroën, couverte de neige et gelée tous les jours. Il dût faire chauffer la voiture tôt le matin jusqu'à ce que l'intérieur, après 15 minutes, devienne supportable pour lui.

Ce matin moins 20. Il était content d'avoir un moteur à essence. La Picasso, la meilleure voiture des Français, après les « Deux Chevaux ».

Il déambulait dans la vieille maison, là un bruissement ici un craquement. La lumière vacille, la tension est basse et la peur était dans l'air, mais pas autour de lui.

Depuis trois ans, il parcourt, maintenant seul, la moitié de l'Europe, oublié et en quelque sorte incompris. Évite les gens, entend des voix silencieuses et des ombres l'accompagnent. Où et pourquoi, il ne voulait pas savoir.

Dieter disparut, Ludmil quelque part dans les montagnes de Pirin, Karin à Itzehoe, si elle était quelque part, Doris dans un autre monde à la recherche de Hanns. Tolga a déménagé à Boston, Thanos est décédé subitement et André tranquillement à Erfurt. Seul Alexandre, le demi-Russe, encore actif, et comment, gagnait toujours plus d'argent qu'il n'avait le droit d'en dépenser. Boris à Iekaterinbourg dans son petit bureau surchauffé avec succès dans les affaires d'importation, tranquille et consciencieux.

Quelle vie s'il n'y avait pas Tremoletto, le Maresciallo et le Cavalino à Creazzo pendant la nuit. Dans la journée, il était à Costozza, oublié et inaperçu. Nice une déception, amoureux à Cannes et à Termini presque noyé dans l'alcool en-dessous d'une tour étrusque. Avait-il sauté ou avait-il été poussé de la belle goélette à gaffes ? Ses compétences en natation étaient alourdies par le plomb et il ne faisait pas confiance à cet élément. Certains à bord le savaient. Il y avait bien 14 mètres du fond marin à la surface. Il n'avait presque pas réussi à y remonter. Parvenu au sommet, puis la nuit profonde et une lumière de position qui clignote, le navire disparu rapidement, trop vite. C'était un navire, pas un bateau.

Il avait eu de la chance, l'eau était agréablement chaude, pas comme dans la baie de San Francisco où elle était encore gelée en août. Le débarcadère était bien éclairé, cela lui avait tout de même pris plus d'une demi-heure.

Il était tellement éreinté puis avec un « ça ira », il en vint à bout.

La natation n'était pas son fort et il n'aimait pas du tout la profondeur. Giovanni l'attendait là-bas, je l'ai vu, plus de bateaux ici, ils l'ont bien préparé. Alors maintenant, nous allons vraiment te laisser mourir. Wenger frissonna et eu des sueurs froides. Son bras gauche faisait mal, il avait une crampe dans la jambe droite.

Il y avait une forte chaleur sèche dans le bungalow aux murs de pierre. Il se doucha et après il se senti fort et en sécurité. Avec la Fiat 500, à clé de démarrage manuelle, ils conduisirent dans la rue étroite et venteuse jusqu'au village en haut. Le sable crissait sous les pneus, le moteur tournait à fort régime, refroidi par air.

Je t'amène chez Madame Senator, la vieille dame t'aime bien et dans trois jours tu auras de nouveaux papiers, passeport, carte d'identité, permis de conduire. Tu es mort il y a quatre ans, seulement, qui le sait.

Les étoiles et moi. Je ne sais pas, c'est pourquoi je vis. Je viens te chercher pour le dîner vers neuf heures, alors nous en saurons davantage.

Aucune personne ne sera portée disparue, par-dessus bord, tout simplement rien.

Il y avait de la tisane, des biscuits secs, un truc en chapelure et un fabuleux limoncello pas trop sucré.

La villa aux murs de pierre, avec des poutres bleu clair, fraîche et ouverte.

Il écouta docilement, interrompit peu et posa quelques questions. Elle était d'une beauté grisonnante, respectée par la police et de l'autre côté, aimée de l'église et des agriculteurs. Son mari le comte aussi, dans un autre monde et elle a souffert en silence.

Maintenant nous sommes tous les deux seuls, je l'aimais beaucoup. C'était en 1976 que je vous ai rencontrés tous les deux pour la première fois.

Giovanni se tenait à la porte du porche à neuf heures et demie et frappa. Wenger reçu un baiser sur le front et fut libéré. Il desservait la table, ce qu'il avait fait depuis qu'ils se connaissaient, c'était leur rituel. Maintenant, ils voyageaient dans une nouvelle Fiat Punto bleu clair.

C'est ta voiture pour Trapani, personne ne le remarquera. Pour les carabiniers, ils nous aiment bien, ce n'est pas une voiture de location.

Un peu customisée, version Abarth avec 140 ch, ça aussi on pouvait le voir, mais on ne l'entendait pas, ce qui était le plus important.

Jantes en acier avec garniture en plastique, quelque chose comme ça passait bien. Turbo Benzina, la caisse démarra à un train d'enfer. Je ne savais pas que tu étais un pilote sportif. Mon ami, tu en sais peu ce qui est bien et c'est pour ça que tu es toujours en vie.

Ils roulèrent vers la mer et Wenger perdit visiblement le sens de l'orientation jusqu'à ce qu'ils se soient soudainement trouvé devant la maison de Giovanni. Une forteresse aux murs de pierre drapés, même le toit en béton armé avec des tuiles collées. Ses aides, deux hommes qui attendaient là, comme il les appelait, reprirent la voiture et ils rentrèrent tous deux tranquillement dans la maison spacieuse.

Autant de chance que ce soir, cela ne t'arrive qu'une seule fois, de tes sept vies maintenant cinq sont parties, mon cher. Une prémonition m'a laissé assis en bas, quand je pus voir, aucun bateau, juste plus rien et vous étiez parti.

Dis-moi, étais-tu ivre ?

Non, pas du tout, j'avais le vertige.

Giovanni, le silencieux avec des lunettes en acier inoxydable qui pourrait être une arme mortelle. Il y avait une fissure dans un coin de la salle à manger et il fit plus froid dehors.

Un brûleur s'alluma, après quelques minutes, il sentit la chaleur d'un long radiateur blanc marqué Ital Design. Suza servit des délices avec un vin blanc sec et moelleux.

Ils parlaient peu, tout le monde se raccrochait à ses pensées. Aujourd'hui c'est mardi, je reviens vendredi et tu restes dans et autour de la maison. Droit de sortie supprimé. Roberto et son frère surveillent.

Peu importe ce que tu entends ou voies, seul tu ne fais rien. Voici la carte routière, tu te déplaces sans GPS ni téléphone.

L'itinéraire pour toi : tu vas directement d'ici sur la voie express via Salerne à Potenza. Là-bas, tu descends et vas de l'autre côté vers Matera où tu restes à la Vila Olga deux jours. Ensuite, nous décidons comment on continue vers la Sicile. Tu connais ton chemin en Calabre, à quand remonte ta première virée ici sur la côte Est, je pense vers 1976 ? C'est vrai, vous étiez encore à deux sur la route. Mon Dieu, elle était belle. Ce n'est qu'ici, dans le Basilicate, qu'il fait un peu plus doux que plus bas dans le sud-est. Fais des pauses, ne t'arrête nulle part pour manger, Suza te fera un paquet à emporter et fais le plein en haut chez IP, ils n'ont pas de caméras.

Dans le village, nous avons tout, disons presque tout, sous contrôle.

Deux jours plus tard, un avion d'affaires fut déchiqueté en montée au-dessus du golfe de Naples. La vie était courte et gracieuse, ou bien non.

Wenger connaissait les passagers. De la sueur perlait entre ses omoplates. Je connaissais les pilotes, mon Dieu, quel moyen. Un dispositif explosif dans les bagages réglé à hauteur X et terminé. La maison, le grand jardin, le terrain attenant jusqu'à la mer, d'une beauté fantastique, irréel et pourtant il se sentait enfermé.

Il errait sans but et n'arrivait pas à se calmer. Matera, il attendait avec impatience cette ville de montagne et il y aurait des fleurs coupées fraîches pour Olga.

Il regardait la mer, aujourd'hui une journée nuageuse avec beaucoup de brouillard et des nuages bas et une bruine qui traversait votre chemise jusqu'à l'aine.

Il s'est familiarisé avec la Punto, le réglage des sièges, les rétroviseurs, etc. Roberto lui conseilla de prendre au moins du Super 98, elle marchait alors mieux.

Je t'ai fait le plein, il y a de l'eau minérale à l'intérieur, du pain longue conservation ainsi qu'un litre d'Eni Syn et une grappa douce pour toi. Les papiers de la voiture et le contrat, celui est valide dans toute l'Italie, y compris la Sicile. Dans un dossier sous le siège passager.

Mets tes vêtements ensemble, ici une valise pas totalement neuve, un parapluie. N'oublie pas tes chaussures de montagne. Wenger paya, donna un gros pourboire et reçu un regard chaleureux en retour.

Je ne me calme pas, où dois-je aller, où dois-je rester, pour quoi et pour qui ?

Beaucoup de questions, pas de réponses, c'est aussi bien.

Mais après Devon ou Lakonia, plutôt s'enterrer là-haut dans le Waldviertel pour l'hiver.

S'il y a suffisamment d'argent, il le faut tout simplement.

Tout dans la moyenne, donc universellement applicable, pas d'amendes, il n'existait tout simplement pas, plus.

Il avait oublié le petit déjeuner, maintenant vers deux heures il y avait un repas copieux avec une soupe de légumes rustique, des spaghettis dans une sauce douce à la viande et un gâteau glacé au citron pour le dessert. Le jus de citron était servi avec une pointe d'amaretto et un savoureux vin blanc froid.

Après ça, il allait bien. Il s'allongea sur le banc près du feu dans le salon et s'endormit. Dans les oreilles, le léger crépitement et la combustion du bois. Il se réveilla à quatre heures du matin, Giovanni était assis en face de lui, sirotant son premier cappuccino, en fit passer un à Wenger avec un verre d'eau.

Écoute, c'était un Beech 125 800 EX, immatriculé à Malte, des pilotes autrichiens. Quel gâchis, à cause de ces deux nuls à bord. Il n'y avait pas d'autre moyen, ça devait être fait, l'équipage savait pour qui il travaillait. Exécution, notre homme d'East Anglia, Mr. le professeur. Pas Milford Haven, mais depuis cet aérodrome militaire à l'est de Cambridge.

Cela signifie aussi quelque chose comme ça, je mélange souvent ces noms anglais. Maiden Hall ? Je ne sais plus.

Tout est fini, pour l'instant, la goélette est maintenant dans la rade devant Gaeta et personne ne descend.

Giovanni disparu dans la semi-obscurité, c'était humide et frais. Il partit après un bain rapide, des pâtisseries fraîches avec du miel ainsi qu'une tisane et une embrassade chaleureuse de Suza.

Il dort, est totalement épuisé, lui dit-elle en prenant congé. Voici tes papiers, lis-les attentivement. Une assurance supplémentaire et même une vraie carte d'assurance maladie d'Autriche pour toi. Des espèces, deux cartes de crédit et une carte essence en cas d'urgences. Elle était partie.

De la rosée dégoulinait de la voiture, tout était froid, juste horrible.

La journée devint fraîche, assez venteuse. Plus il avançait dans le paysage vallonné et dans les moyennes montagnes, mieux il se sentait. Il se gara au sommet d'un col et se promena en boucle, presque pas de circulation à ce moment et une odeur d'herbes dans l'air, un peu mélangée à de la fumée de feu de bois. Ses yeux brûlaient légèrement.

Après Oppido, dans une station-service abandonnée, où beaucoup de choses avaient été démontées, il fit une pause petit-déjeuner tardive et bût du café noir doux-amer avec un gâteau triangulaire en pâte brisée. Il provenait de casseroles rondes en fer brûlé avec un manche en bois. Il bût beaucoup d'eau plate, les pins étaient en pleine croissance et la résine sentait assurément la santé.

Chérie, les nuages jouaient à cache-cache.

La voiture roulait tranquillement et ne faisait aucun bruit, personne n'y prêtait attention, un voyageur qui appréciait le paysage.

Un peu en arrière, un ruisseau gargouillant avec des cailloux au fond et de petits poissons plats qui virevoltent. Il plongea ses pieds jusqu'à ce que ça fasse mal et que le pied gauche soit devenu aussi mince que le droit. Tout autour des arbres, des buissons et de l'herbe dense vert clair avec beaucoup de fleurs bleues au milieu. De petits oiseaux gris clair frottaient leurs ailes sur des fleurs jaunes, dansaient autour d'elles. Les cônes d'un brun foncé et ouverts jusqu'à vert clair brillant. Totalement glacé, un peu gras. Il resta le dos contre un tronc d'arbre jusqu'à ce qu'il n'entende plus son cœur battre mais uniquement les bruits de son environnement.

La station-service morte, mais rangée sans aucune minutie. Plus aucun autre conducteur ne s'y arrêtait, tout passait à côté. Il laissa la voiture avec les portières ouvertes pendant quelques minutes pour que l'odeur de neuf puisse sortir et que la nature y entre. Pas de pneus Pirelli comme équipement d'origine, mais des Michelin avaient été posés.

Les enjoliveurs en plastique n'étaient pas si horribles à regarder. À l'arrière, le logo Fiat et le mot Punto, à côté d'un point, rien d'autre.

Le temps, ces photos du passé, il fallait continuer et ne pas traîner ici comme à Xyroprigado et attendre, attendre quoi.

La boîte de vitesses six rapports est à changement court et les freins très antidérapants.

Olga, à quoi ressemblerait-elle après presque six ans ?

MATERA UNE PARENTHÈSE

Celui qui aime n'oublie pas.

Panagiotis est le compteur de grains, pour cela il y a un temps infini pour l'éternité. Vous deviendrez ce que nous sommes, sans amertume, cela vient et il en est ainsi. Ce que vous aimez vous sera enlevé. Ce qu'un homme aime, il le trompe.

Je libère mon esprit et mon âme, l'arc en ciel m'embrasse, t'embrasse.

La belle femme sur la plage conduit un monstre à quatre roues, se met en diagonale dans le sable à l'extrémité sud-ouest, ses longs cheveux brun clair sont brûlés au soleil. Si seule depuis trois ans, aussi jeune que tristement belle. Elle effectue un tour angulaire à la nage, s'allonge environ une heure. Elle est partie, bien trop vite.

Fini, je ne la vois plus, cette souris.

Terriblement profond, ce que j'écris là, avec un fond de musique sur 88 FM.

Le solitaire parle avec de nombreuses personnes, ressent, voit plus.

Le couple ?

Mais là, le fils de l'aubergiste sur la plage de Bozas, un idiot accro au smartphone, arrogant en prime, loin de travailler et de comprendre.

Doris et Hans, Renate, Ted et Joan, Agnes et Willi – que font ils, et où ?

Le soleil du soir m'embrasse et toi qui t'embrasse ?

La nuit jusqu'à six heures du matin est courte.

Deux personnes âgées sont assises là, hourra ! Ils osent encore.

L'enfant blond saute le long de la plage de sable chaud, âgé de quatre ans, rapide et gracieux comme un oiseau dans les airs. Le père, maladroitement après lui, là il n'y a plus rien.

Le monde devient follement plus rapide, plus profond. Nous ne le remarquons jamais. Nous, les humains, parlons, parlons et parlons. L'écoute est à l'ordre du jour et écouter, travailler, mettre en œuvre, ne pas reporter.

Oh, ce qui tombe, laisses-le derrière toi.

Les idiots gloussent, les silencieux comprennent. Laisse-les parler, vas-y toi-même, c'est mieux comme ça.

Broum, broum, broum – nous tournons en rond. Les vantards sont nombreux, ceux qui comprennent, si peu.

Citrons, le cadeau divin, descendre rapidement à Sorrente.

La belle est partie, les badauds ne bougent pas de là.

La vie est courte, la souffrance longue. Alors tu es damné.

Le jeune chiot s'assoit et se déplace dans le casque, le motocycliste sans. Quel bouffon stupide.

Hier brune à blonde, aujourd'hui eau salée, teintée en noir.

Maintenant, elle s'en va, les regards comme capturés.

La beauté câline de la plage se promène aujourd'hui avec son sac à la main.

Gauche droite, gauche droite, derrière le capitaine ça pue à droite.

Il pleut, il pleut, il pleut des cordes et quand il a suffisamment plu, ça s'arrête à nouveau.

L'amour perdu, la vie enlevée, l'avenir fondu.

Avec de la chance, tu es venue vers moi.

Avec persévérance Je t'ai conquise.

Toi, souvent seule, les enfants protégés, aimés, élevés. Quand beaucoup sont partis, tu es restée aussi.

Tu m'as sauvé.

Après cela, tu as dû aller dans d'autres mondes. Tignasse frisée, je suis tellement fou de toi, en particulier en ce moment chez Panagiotis et Sirius, où le petit enfant se lamente la nuit. Ton fauteuil ne sera jamais vide.

Le plaisir encore oublié, la solitude l'a rongé de l'intérieur.

Elia-Bozas-Plitra-Karavostasi-Prorarajo et autres tout autour, Sotirian à Gefira. Les gorges de Taigetos avec les hautes grottes et les deux faucons amoureux.

Le vent écume la mer pendant des heures, les étoiles ont disparu.

L'évanescence d'une empreinte sur la plage montre le sens de la vie.

Où vas-tu ?

D'où viens-tu ?

Je ne sais pas.

Aujourd'hui, je suis ici et demain là-bas, oublier immédiatement. Je suis avec toi et tu n'es pas ici.

Seul et pourtant à deux.

ENI RACING SUPER ET CELUI QUI
S'ENDORT

Lentement, le jeune homme se pencha sur son côté gauche, il garda les yeux ouverts avec difficulté, avant qu'ils ne pivotent dans le blanc. La bouteille d'eau sucrée de Fuschl pour rester éveillé entre les mains, y compris une bague, fabriquée par l'industrie. Infiniment fatigué, il se redressa. Mort de fatigue, ça devait être terrible.

Il fit ainsi des allers-retours jusqu'à ce qu'il s'effondre, sans rien renverser. Il ne s'est pas redressé pendant longtemps.

Son sac à dos par terre devant lui, le portefeuille à côté et le téléphone portable dévorant tout juste là. Kling, Klang, Klong, son bras gauche, guidés par des mains étroites, fouillait le sol de béton poussiéreux jusqu'à ce qu'il arrive à s'agripper sur le truc enduit.

Il regarda d'un œil, se retourna, chercha quelque chose sur la paroi de verre et se rendormit, ce qui pouvait aussi être la mort et l'était.

Wenger paya 47,60 à une femme à l'allure agréable pour un bidon de Racing Super Benzina. Elle sourit un peu et les cils sombres battirent.

Bien qu'il n'y ait pas de vent ici, pas de climatisation en marche. Il prit une petite barre de chocolat Giotta noire, espérant avoir échappé à l'émulsifiant de soja, et une bouteille d'eau non fredda, qu'elle lui apporta de la réserve.

Il acquiesça brièvement, et sortit.

L'homme titubant s'était maintenant endormi. Il était allongé de travers sur ce banc en plastique jaune et massif. Celles-ci, ses baskets omniprésentes avec des taches et une semelle usée au dos. L'homme tout entier avait besoin d'une douche puis d'un lit frais. Wenger prit ses affaires qui traînaient sur le sol et les glissa dans un sac à dos encore plus sale, y compris dix euros.

D'une manière ou d'une autre, ça le fit frissonner, il s'éloigna au niveau des pompes à air, pour se laver les mains et le visage soigneusement, cela avait duré jusqu'à ce que l'eau tiède atteigne la bonne température.

Il roula rapidement plus loin, entendit encore moins le moteur après avoir fait le plein. Ou-bien était-ce le carburant, plutôt son imagination.

Il se dirigea du sud-ouest vers Matera qui lui semble étrange en fin d'après-midi. Matera, blanc, clair à foncé, en miettes, sèches à moisies. Cette ville de montagne construite sur et dans le rocher, il l'avait choisie.

Au début, il passa lentement devant la pension Olga, puis dans un grand tour à l'extérieur de l'enceinte de la ville à l'est de nouveau jusque devant. Les bagages sortis, la voiture fut « rangée ». Il demanda au fleuriste, le résultat, un bouquet un peu trop grand. Coloré et frais avec des perles d'eau dessus et rien autour.

Olga disparu peu de temps derrière le monstre, l'expia, l'entraina. L'heure des questions-réponses derrière la réception, son refuge, commença. Rusée comme un renard, elle le tapota et il la laissa faire.

Sur la table et bientôt tous liquidés, des petits biscuits légers avec des éclats de noix dessus, une confiture d'orange pas aigre sans zestes, de l'eau citronnée, avec de la glace pilée à l'intérieur et du sucre sur le bord du verre, tout simplement merveilleux.

Olga, une femme avec de l'aplomb et de l'allure, prospère et triste à la fois.

Juste derrière la fenêtre, une roche sèche et blanche sans graisse dessus. Son petit bureau bourré de dossiers, de souvenirs, une photo aérienne de 1945, prise depuis un avion américain, en-dessous une photo de 1926. Les cadres, blanc argenté.

Le mobilier dans un marron clair, le sol poncé, du parquet, ce qui était très agréable. Il n'aimait pas du tout ces carreaux, froids comme dans une crypte. Ta chambre était au quatrième étage, on pouvait voir toute l'Italie devant et en-dessous soi.

Il reçut encore un doux baiser et fut congédié avec un, sors, espèce de scélérat.

Ses bagages, dans la chambre à l'étage, il en était très content. Il mit de l'ordre entre ce qui était à laver et à repasser, demain il faudrait faire du shopping, de l'eau et des chaussettes.

La nuit beaucoup de choses sont illuminées et bien éclairées. Les vitres étincelaient ternes à clignotantes dans le reflet des lampes, déguisées en récipient à lanternes.

La ville se ressentait et était spacieuse. Le blanc et de temps en temps un bleu pâle étaient les couleurs dominantes. Un vent léger se précipitait dans les rues, des montées étroites, pas antipathiques, silencieusement rafraîchissantes.

Il s'est perdu comme dans le passé, à la recherche de « sa » taverne jusqu'à ce qu'il présente l'addition à un homme mince qui se tenait à une porte et fumait. Il lisait attentivement et lentement comme un auditeur financier. Une ruelle trop tôt, revenir et longer la prochaine à gauche. Wenger le remercia, un visage clair aux yeux bleu foncé l'évalua un peu avec un bref signe de tête.

Il s'est rappelé plus tard que cet homme était trop bien habillé pour quelqu'un qui se tenait à la porte en train de fumer.

Le cadre en bois s'est maintenant un peu plus assombri, pas d'empreintes digitales sur les vitres de la porte, il entra silencieusement à l'intérieur. La petite table de réception avec une bougie vacillante le reçut. Sinon, le silence, le tic-tac d'une horloge qu'il ne pouvait pas voir, apportait une touche finale à la bonne ambiance.

Wenger s'arrêta et fit une pause, il y eut un bruissement, sur la droite devant l'entrée de la cuisine, une porte coulissante à rabat était lentement poussée.

Vous êtes en avance, ce n'était pas hostile, mais certainement pour venir à la rencontre, avec un mouvement de main élégant – pour vous plaire.

À la parole, un autre homme maigre, une soixantaine d'années, chemise blanche, pantalon sombre, mains étroites. Cheveux abondants et blancs, légèrement ondulés et soigneusement peignés en arrière, sourcils proéminents et nez en forme de patère.

Wenger le remercia et s'assit dos au mur extérieur, d'où il avait une vue d'ensemble sur le bar, l'entrée et la cuisine. Il s'assis et était fatigué, sans commande vinrent de l'eau dans une cruche, plus un vin rouge foncé et pétillant dans un verre en cristal avec la note, vous pouvez commander à manger, la cuisine ouvre dans une demi-heure.

On s'est regardé dans les yeux, aucune reconnaissance.

Cela avait-il bien été ailleurs, non, ici et là.

Il se pencha en arrière et lui remplit le verre d'eau jusqu'à la moitié. Ce faisant, la main droite trembla un peu. Comme il ne parlait lui-même que modérément l'Italien, il se fit expliquer le menu du jour et commanda une soupe de légumes, puis du lapin aux haricots verts et, entre les deux, un morceau de fromage frit enveloppé d'herbes.

Ici, le silence, rien d'autre que le silence, la sensation agréable, comme de ne pas être seul.

Best early evening since long time – lui vint à l'esprit.

Une douce musique de fond commença. Grande Italiano venue des temps les plus reculés, agréablement relaxante, Alice chanta doucement puis puissamment tout comme d'autres talents exceptionnels. Cet homme commença à allumer des bougies dans la pièce avec beaucoup de „Grazie" et passa là-bas, redressant certaines choses. Une faible lumière se mit à briller, encore plus belle qu'avec une mise en scène habile, seulement qu'arriva-t-il ensuite.

Le vin est moelleux et sans sensation de brûlure, un arôme terreux après avoir avalé.

Il commanda un vin blanc sec sur la recommandation du maître ou doit-il l'appeler Don ?

Il y avait quelque chose de glacial, d'éternel et pourtant de doux dans ses yeux bleus.

Une personne calme ou concentrée ?

Quelque peu effrayant quand aucun autre invité ne vient, ce qui n'était pas rare pour lui au fil des ans et dans de nombreux pays.

Comme la pluie qui l'avait suivi jusqu'à Chypre en plein été. Pas un orage, mais une pluie douce, longue et pénétrante sur une terre aride et fumante, où trop d'eau se précipitait à travers les douches et les toilettes et se transformait en eau noire.

Du pain blanc et jaune avec une croûte beige et croustillante fut servi avec une mise en bouche du chef sur une grande et large assiette.

Cela avait un goût rafraîchissant, un peu comme du citron et du bacon en même temps. Maintenant sur un morceau de pain mou, dont la croûte avait été enlevée, le fromage de l'entrée, comme lui l'avait commandé, délicieux, légèrement gras, le remontait. Quasiment aucun fil, souple sous la dent à l'intérieur. Comme au paradis, et si maintenant en plus des anges dansent, et après ?

Enfin, une vieille dame avec, il en était sûr, une gouvernante, passa la porte, un peu péniblement. Laissa son regard errer, le fixa brièvement, courbée, et s'assit en biais de l'autre côté. La compagne, qui portait un grand sac à main, fit un petit signe de la main sur le côté. Toutes deux, vêtues avec „Grandezza", portant une robe noire avec des volants étincelants cousus de strass, lui rappelaient l'Espagne, une certaine soirée en contrebas de Salamanque dans une ferme merveilleuse, dirigée par une femme influente et solitaire.

La vieille dame commanda rapidement et fermement, jetant parfois un coup d'œil à sa compagne, qui hocha la tête à ce qui se disait.

Tout cela lui rappela une conversation dans le laboratoire de la société des Savons de Marseille, où le directeur commercial pour l'Afrique du Nord lui dit :

« Mon cher Alois, nous sommes tous les deux esclaves et ne savons pas », c'est pourquoi l'économie fonctionne toujours.

Il conto, per favore.

Ceci décemment, avec modération et il sortit dans la nuit avec un merci. Un vent doux le pressa vers le haut sur les marches de la vieille ville, maintenant il y avait plus de monde sur le chemin, presque personne ne parlait et lui non plus.

Dieu protège les amoureux, écrivit Mario Simmel, et c'était il y a longtemps.

Était-ce toujours valable ?

Au coin sud-ouest d'une grande place se trouvait un bar à moitié ouvert, il se tenait près des boiseries, tira un journal du jour vers lui et commanda une grappa douce avec de l'eau, un fromage frais aux noix et une portion de confiture foncée. Il fut servi par un homme chauve avec un sourire suffisant sur son visage, mais pas surpris.

Deux jeunes femmes arrivèrent, parlèrent calmement en riant, et commandèrent du vin rouge et de petites olives noires.

Wenger mis le journal de côté, mon Dieu, qu'il était heureux.

Pas d'ombres, pas de rats ni de peur, qu'est-ce que c'est ?

La maison d'édition

> ## Qui arrête de progresser, arrête d'être bon!

En se basant sur notre slogan, c'est notre désir de trouver de nouveaux manuscrits et de les faire publier. Depuis plusieurs décennies déjà, nous avons donné nos cœurs aux livres et nous nous engageons pour chacun de nos auteurs et chaque livre personnellement.

Nous faisons pour chaque manuscrit une relecture en quelques semaines. La relecture est gratuite et sans engagement.

Pour plus d'informations sur notre maison d'édition et nos livres, reportez-vous à notre site:

w w w . n o v u m p u b l i s h i n g . f r